슬픔은 어떻게 글이 되는가

김소민 지음

슬픔은 어떻게
글이 되는가

"당신의 이야기는 쓰일 가치가 있다!"

용기 있게 나를 마주하는
글쓰기 수업

스테이블

당신의 이야기는 쓰일 가치가 있다

내가 자격이 있을까? 글쓰기 책을 쓰기로 해놓고 겁이 났다. 계약하기 전에 해야 했을 질문을 원고 마감을 앞두고 한다. 공부법은 전교 1등이, 재테크 비법은 억대 연봉자가 쓰는 거 아닌가? 나는 유명 작가가 아닐 뿐 아니라 작가라고도 차마 내 입으로 말 못 하겠다.

　내가 써온 글은 기사와 칼럼이다. 이 글들을 모아 에세이집 세 권을 낸 게 전부다. (책 사준 사람은 다 가족으로 친다.) 한겨레문화센터에서 2018년부터 글쓰기 수업을 했다. 한 수업에서는 언론사 입사를 준비하는 사람들의 글을 첨삭했다. 탈핵 찬반, 북핵 문제 등 골치 아픈 주제에 대한 주장을 펼치는 글이거나 작문들이었다. 이 수강생들의 목표는 뚜렷했다. 다른 하나는 '내 이야기 하나쯤'이란 에세이 수업이다. 20대부터 60대까지 모였다. 방과후교사, 대기업 직원, 공무원, 학생, 전업주부 등 직업도 다양했다. 이 사람들은 글을 쓰지 않는다고 혼날 일이 없고, 작가를 목표로 삼지도 않았다. 왜 매주 한 편씩 글을 쓰는 고행을 할까?

'내 이야기 하나쯤' 수업에서 내가 한 일은 마감을 정한 게 거의 다다. 각자 알아서 쓰고 싶은 걸 쓰고 합평한다. 수업 시간에 나는 여러 번 울컥했다. 강요한 적도 없는데 다들 자기 이야기를 솔직하게 털어놨다. 아침 드라마에 나올 것 같은 출생의 비밀, 극심한 갱년기 증상과 거식증, 직장 생활의 괴로움…. 우리가 처음 만났고, 두 달간의 수업이 끝나면 다시 볼 일 없을 사이라 친구에게도 하지 못한 이야기를 쓸 수 있었는지도 모른다. 그게 다는 아니었다. 글은 마력이 있다. 쓰다 보면 결국 자기가 하고 싶은 이야기를 할 수밖에 없다. 내 감각, 생각, 느낌을 쓴다는 건 자신에게 자기를 인증하는 것이다. 누가 뭐래도 '나'는 있다고.

글쓰기 수업에서 만난 사람들은 연봉이 얼마인지, 몇 평 아파트에 사는지, 자식은 무슨 대학에 다니는지 쓰지 않았다. 사회생활을 하며 써야 했던 가면을 벗은 자리에 이야기가 차올랐다. 처음 해본 축구의 기쁨, 다 자라 떠나버린 자식을 향한 서운함, 남동생과 자신을 차별한 엄마를 향한 원망…. 그들이 생각하는 '내 이야기'는 이런 것들 속에 있었다. 나는 손주를 키우는 할머니의 마음, 중년이 되며 눈물이 많아진 남자의 쓸쓸함, 열정페이를 강요당하는 청춘의 고단함을 그들의 글을 읽으며 이해할 수 있었다. 우리는 위계가 아니라 글로 연결됐다.

　내가 자격이 있을까? 나뿐만 아니라 글을 처음 쓰는 사람들은 이 질문에 발목이 잡힌다. 내 이야기가 중요할까? 누가 내이야기에 관심이나 가질까? 중요하다. 당신이 누구건 당신의이야기는 쓰일 가치가 있다. 사람에게 가격표가 붙는 세상에서당신의 이야기는 우리가 각자의 세계를 가진 사람이라는 걸 증명한다. 당신의 이야기로 내가 몰랐던 세계를 더 이해할 수 있었다. 그만큼 내 세계가 넓어졌다.

　한편으로 나는 여전히 내가 글쓰기 책을 쓸 자격이 없다고생각한다. 나는 상상력이 없다. 보고 들은 것밖에 못 쓴다. 소설이나 시나리오를 쓰고 싶은 사람들에게 이 책은 별 도움이 안될 거다. 그럼에도 이 책을 쓰는 까닭은, 목구멍이 포도청이기도 하고, 논술이나 칼럼, 에세이에 첫발을 들여놓는 사람들에게는 그동안 내가 머리에 땜통 생겨가며 깨우친 것들 몇 가지는전할 수 있을 것 같기 때문이다.

　피아노를 꼭 조성진에게 배울 필요는 없지 않을까 싶어서다. 물론 최고에게 배우면 좋겠지만 단점이 있다. 스티븐 킹이

나 무라카미 하루키 같은 유명 작가의 글쓰기 책을 읽고 나면, 신을 원망하게 된다. '작가는 그렇게 태어나야 하는구나'라는 생각에 글쓰기를 때려치우고 싶다. 나는 그랬다. 스티븐 킹이나 무라카미 하루키는 당신이 왜 글을 못 쓰는지 모르겠지만, 나는 절절히 이해한다. 그 느낌 아니까. 이 책을 읽고 베스트셀러 작가가 되는 비법을 알 수는 없을 테지만 (그걸 알면 내가 베스트셀러 작가가 됐겠지.) 글쓰기를 포기하고 싶은 생각은 안 들 거라고 장담할 수 있다. 무엇보다 '내 이야기 하나쯤' 수업을 하며 나 혼자만 읽기에는 아까운 글들을 많이 만났다. 외로움, 슬픔, 분노, 사랑과 연대가 있는 그 글들을 읽다 보면, 이런 생각이 든다. 아, 나는 혼자가 아니구나.

차례

2부 글쓰기의 조력자들

3부 어떻게 써야 하나

부록 우리들의 이야기

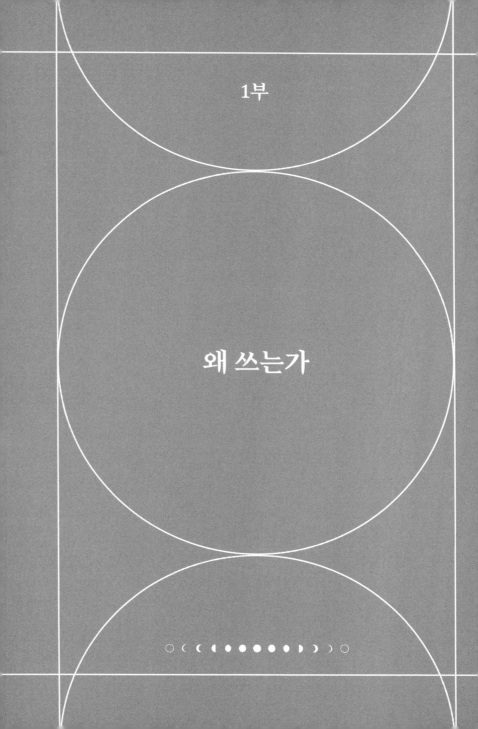

1부

왜 쓰는가

❤ 흔적 없음의 헛헛함

쓰는 게 괴롭다. 입금이 안 되면 한 줄도 못 쓰겠다. 마감이 턱밑에 와야 울면서 노트북을 켠다. 새 문서를 불러오기 전에 긴 '의식'을 치른다. 포털에서 온갖 연예인 뉴스를 샅샅이 훑는다. 혹시 놓친 게 있을지 모르니 여러 사이트를 돌아다닌다. 부모님 소식보다 어느 배우의 근황을 더 자세히 알게 된다. 워드 파일을 띄우면 공포가 밀려온다. 지금 이 글을 쓰는 중에도 후들거린다. 갑자기 온갖 집안일이 눈에 들어온다. 반려견 몽덕이의 분홍색 배가 보인다. 가만히 누워 자는 개를 지분거린다. 개가 본격적으로 놀자고 달려들면 말한다.

"몽덕아, 방해하면 안 되지."

개가 황당하다는 눈빛으로 쳐다본다. 이 난리를 치르고 한 줄 쓸 때쯤 되면 배가 고프다. 먹을 게 없다. 장을 보러 나간다. 막상 글을 쓰기 시작할 때는 컨디션이 최악이다. 너무 지쳤다. 세 문장 쓰고 다른 짓을 한다. 지금 이 글을 쓰면서도 두 번 인터넷에 접속해 남의 집 인테리어를 구경했다. 그렇게 죽을 둥 살 둥 쓴 글에는 악플이 달린다. '내 메모보다 못한 글'이란다. '네 메모장을 보자'고 댓글을 달고 싶지만, 아이디가 내 이름이라 못 한다. 나는 대체 왜 쓰나?

　　중고등학교 시절에 내 목표는 딱 하나였다. 모범생이 되자, 살아남자. 교과서만 봤다. 달달 외웠다. 다른 글을 읽는 건 시간 낭비였다. (평생에 걸쳐 날 괴롭힌 무식 콤플렉스의 원인이 됐다.) 초등학교 시절에 일기를 잠깐 쓴 적은 있었다. 온통 동생 욕이었다. 그 후 대학 졸업 때까지 숙제 말고는 뭘 써본 적이 없다.
　　그러다 기자가 됐다. 이 소식을 전하니 한 친구가 놀랐다.
　　"정말 여기저기 다 찔러보는구나."
　　다들 걱정했다. 거의 히키코모리인데다 뭘 쓰는 걸 아무도 본 적이 없으니 말이다. 걱정은 현실이 됐다. 신입 기자 시절 내 평생 들을 욕을 다 들었다. (경력이 쌓인 뒤에도 욕은 먹었을 테지만, 대놓고 말하는 사람은 줄었다.) 나는 건강보험이 필요 없다. 그때 들은 욕만으로도 100세 장수는 거뜬하다. 기자가 돼 더 좋은 세상을 만들겠다는 신념은 없었다. 지금 내가 죽게 생겼는데 세상이 문제겠나. 생존하려면 돈이 필요했고, 기사를 써야 했다. (여기까지 쓰고 페이스북을 확인하고 있다. 하여간 인간은 죽을 때가 돼야 변하나 보다.)

사흘에 피죽 한 그릇 못 얻어먹은 심정으로 터덜터덜 새로운 기삿거리를 찾아다녀야 하던 시절, 오전 9시 출근 오후 6시 퇴근하는 삶을 동경했다. 보고할 게 하나도 없는 날은 구걸하는 심정으로 여기저기 전화를 돌렸다. 똑같은 사안이라도 기자의 관점과 지식에 따라 첫 문단이 달라진다. 거기서 고통이 피어난다. 기사를 안 쓰면 부장 때문에 두렵고 기사를 쓰면 독자 때문에 두렵다. 사실 나 때문에 무섭다.

'내 기사가 정말 맞을까?'

고수는 어디에나 있는 법, 다음날 조간을 보면 자괴감이 밀려왔다.

'아, 이렇게도 쓸 수 있구나.'

그런 날에는 한국어 욕만으로는 나 자신을 혼내는 데 미흡하다.

기자를 그만두고 오전 9시 출근 오후 6시 퇴근의 꿈을 실현했다. 국제구호기구 NGO에 입사했다. 거기서도 글을 썼지만 '내' 글은 아니었다. 기관의 활동을 정리하고 알리면 됐다. '회사 문체'가 있다는 것도 알았다. '회사체'의 핵심은 쉬운 말을 어렵게 하는 것이다. 내용이 빈약할수록 영어 단어나 한자를 섞어 실체를 숨긴다. '내' 문장이나 '내' 관점을 고민하지 않아도 됐다. 그러니 누가 욕해도 내상을 입지 않았다. 사실 욕한 사람도 없다. 무플이다. 좋았다. 일상에 평화가 찾아왔다.

그런데 뭔가 빠진 것 같았다. 시간이 설사처럼 흘러갔다. 기억이 두루뭉술해졌다. 그때 무슨 일이 있었나, 나는 무슨 생각을 했나? 아무 흔적이 남지 않았다. 내가 뭔데 세상에 흔적을 남기겠나 싶지만, 적어도 내 대뇌피질에는 뭔가를 남겨야 하지 않나. 내 존재가 흐릿했다. 이상하다. 나한테 글쓰기는 밥벌이였는데, 돈 주지 않는 글을 쓰는 건 자해라고 생각했는데, 정말 그럴까?

슬픔은 적금

회사를 그만두고 본격 백수가 된 뒤, 할애하는 시간으로만 따지면 내 직업은 '개 산책자'였다. 누구 만날 일이 없다 보니 맨날 똑같은 옷을 입는다. 반려견 몽덕이 발자국이 여기저기 묻은 솜바지, 손목 주변이 까매진 오리털 점퍼가 거의 피부가 됐다. 몽덕이는 '시고르잡종'이다. 몸무게 17킬로그램의 중형견이다. 이 몰골로 개를 데리고 동네를 하루에 세 번, 세 시간씩 돌았다. 남들한테는 개장수처럼 보였을 수도 있다.

그날도 몽덕이와 산책하다 건널목에 섰다. 머리가 무거웠다. 칼럼 마감이 코앞으로 다가왔는데 아무런 주제가 떠오르지 않았다. 뭘 읽어야 쓸 것도 나올 텐데 머릿속이 락스로 빡빡 닦아낸 것 같았다. 주제가 떠올라야 이리저리 굴리며 구성하고 쓸 수 있을 텐데, 그러려면 시간이 들 텐데, 그냥 몽덕이 데리고 도망가버릴까? 아는 것도 없고 생각도 부족하니 이제 때려치워야 할까? 매달 하는 생각이다. 자괴감이 밀려왔다.

뒤에서 누가 부른다.

"아줌마!"

이 말을 듣고 돌아봐서 좋은 일이 생긴 적은 거의 없다. 다들 나를 가르쳐도 된다고 생각하는 것 같다. 그 사람은 한 손을 주머니에 넣고 다른 한 손을 꺼내더니 까딱까딱했다. 따귀를 때리듯이. 비키라는 거다. 분노가 끓어 올랐다. 왜 "아줌마"는 말로 하면서 "비켜주세요"는 말로 할 수 없나? 왜 예의를 좀 지켜주면 안 되는 걸까? 인간의 존엄이 뭐 거창한 거 아니다. 인사, 눈빛만으로도 '덜 인간'이 될 수 있다. 그 손짓에 나는 모멸을 뒤집어쓴 기분이었는데, 어, 이건 뭐지? 해방감이 느껴지는 거다.

'드디어 쓸 주제를 찾았다! 마감할 수 있다!'

영혼에 맞은 그 따귀는 선물이기도 했다. 나는 쓰니까.

기자 시절 최완규 작가를 인터뷰한 적이 있다. 〈종합병원〉 〈올인〉 〈아이리스〉 〈주몽〉 등 초대박 드라마를 쓴 작가다. 인터뷰 당시 그는 드라마 〈상도〉를 쓰고 있었다. 시청률이 잘 나왔다. 문화방송 근처 오피스텔에 "갇혀 있다"는 그는 진짜 죄수 같았다. 푸른색 윗옷 때문에 더 그렇게 보였다. 수염을 덥수룩하게 기르고 머리는 떡져 있었다. 그는 빚이 많아 쓸 수밖에 없다고 했다. 나보다 100배 정도는 돈을 벌 유명 작가인 그는 불행해 보였다. 그런 그가 글쓰기의 장점에 대해 이렇게 말했다. 20대 때 고생이 많았단다. 대학을 중퇴하고 박스공장, 가구공장, 철공소 등 여러 일을 전전했다. 소설을 쓰고 싶었는데 한 편도 못 썼다. 잘 쓴다고 말해주는 사람도 없었다. "20대는 콤플렉스 덩어리"였단다.

"그런데 말이에요. 작가라 좋은 점이 있어요. 성공이건 실패건 글 쓰는 데 비장의 무기가 되거든요."

내가 인생에서 가장 어두운 시간을 지날 때 (그 시간을 벌써 20년째 지나고 있는 듯하다.), 일말의 희망이 있었다.

'이 모든 경험이 내 글에 도움이 될 거야. 언젠가 이 경험으로 뭔가를 쓸 수 있을지 몰라.'

그 언젠가가 올지 안 올지는 몰라도 (안 올 것 같다.) 하여간, 뭐라도 쓸 수 있다면 부정적인 경험도 나쁘지만은 않다. 아픔이 적금이다. 사실 글 쓰는 데는 아픔이 기쁨보다 더 소중한 자산이다. 에세이건 소설이건 주인공이 시련에 부닥치며 시작하지 않나? 행복한 가족 이야기보다 막장 드라마 〈사랑과 전쟁〉이 재밌지 않나? 행복한데 무슨 말이 필요하겠나. 하하호호면 끝 아닌가. 결핍이 없는 인간은 재수 없다. 망할수록 쓸 수 있다. 쓰는 한, 누구도 나를 망하게 할 수 없고, 누구도 의미 없는 아픔을 줄 수 없다.

　작가이자 문학 에이전트인 노아 루크먼의 《플롯 강화》(신소희 옮김, 복복서가, 2021)를 보면, 사람들은 변화하는 주인공을 좋아한다. 이야기는 그 변화의 여정이다. 이는 표면적 여정과 심오한 여정으로 나뉜다. 표면적 여정은 연애, 부, 우정, 신체, 지위, 지식의 변화 과정을 따라간다. 사랑에 빠지고 장애물을 만나 실연하거나 승진을 향해 돌진하거나, 갑자기 복권에 당첨돼 이야기가 펼쳐질 수 있다. 심오한 여정은 이 과정을 겪으면서 얻게 되는 타인과 자신에 대한 인식의 변화와 그에 따른 행동이다. 독자가 보고 싶어 하는 건 표면적 여정에 얽힌 인식의 변화다. 그 사람은 어떻게 바뀌었나? 그게 궁금한 거다. 사람이 인식의 변화를 이뤄내는 건 대체로 승리가 아니라 패배했을 때다. 웬만한 패배로는 안 된다. 더 이상 이렇게 살 수는 없다는 자각이 뒤통수를 후려쳐 눈알이 빠질 것 같은 패배여야 사람은 겨우 변하겠다는 의지라도 갖는다. 복권이 당첨됐을 때가 아니라 땡전 한 푼 없이 탈탈 털렸을 때, 연애에 불타오를 때가 아니라 대차게 차였을 때 주인공은 고통스러운 자기 직면을 하고 진정한 변화의 여정을 떠난다. 그렇게 이야기도 시작한다.

　나이가 들수록 세상에 내 맘대로 되는 일이 거의 없다는 걸 알게 된다. 갑자기 어디선가 불행이 나타나 어처구니없게 따귀를 때리고 간다. 내가 기억도 못 하는 시절 내 뇌에 그려진 패턴대로 고통스러운 방식의 관계를 반복한다. 똑같은 실수를 계속한다. 하고 싶은 일보다 시키는 일을 해야 할 때가 더 많다.

　　의과대학 교수인 빌 설리번의 《나를 나답게 만드는 것들》(김성훈 옮김, 브론스테인, 2020)을 보면, 내가 브로콜리를 좋아할지, 햄버거에 환장할지도 유전과 임신 당시 어머니 몸 상태에서 큰 영향을 받는다. 장내 미생물에 따라 당기는 음식, 우울의 정도도 달라진다. 진짜 '내'가 사는 거 맞아? 살려지고 있는 거 아니야?

　　쓰기는 삶의 주도권을 되찾는 일이다. 사람은 이야기로 세상과 자신을 이해한다고 나는 생각한다. 박정희 정권 때 운영한 강제노역 수용소, 서산개척단을 취재한 적이 있다. '사회정화'란 명분으로 고아, 부랑인 등 행색이 추레한 사람들을 끌고 와패고 굶기고 강제 노역시켰다. 끌려온 사람들은 곡괭이 한 자루들고 소금밥 먹어가며 바다에 제방을 쌓았다. 그렇게 생긴 땅을 나중에 나눠주겠다더니 거짓말이었다. 고아인 김정선 씨는 서울 아세아극장 앞에서 구두닦이를 하다 열다섯 살에 그곳에 끌려갔다.

　　"22명이 맞아 죽는 걸 봤어요."

　　그는 뒷간에서 쓰라고 준 종이를 밥풀로 이어 붙여 기록했다.

"그때 일을 생각하면 두려운 게 없어요. 내가 서산개척단에서도 살아남았는데 못 할 일이 뭐가 있겠어. (서산개척단을) 창피해하는 사람들도 있는데 저는 자식들도 다 여기 데려왔어요. 내가 이렇게 살아남았다고. 지옥에서도 배움이 있었다고."

그는 자기보다 나이 많은 옛 서산개척단 동료들을 돕는다. 악몽을 자존감을 끌어올리는 동력으로, 타인의 고통을 헤아리는 원천으로 다시 써냈다.

'긍정적으로 살자'는 게 아니다. 그런 말을 들으면 화가 난다. 모든 불행이 내 책임이라는 것 같다. 화사하게 웃으며 뱉는 '힘내'라는 말 같다. 힘을 낼 수 없으니까 힘을 못 내는 거 아닌가. 이런 말은 가해자 책임을 덜려고 쓰이기도 한다. 회사가 부려 먹기는 더 부려 먹고 비정규직이라고 차별한다면, 돈도 돈이지만 모욕으로 상처받았다면, 이게 비정규직인 내가 마음 수행해서 해결할 일인가? 내가 쓴 내 이야기가 긍정적일 필요는 없다. 중요한 건 '내가' 해석한다는 점이다. 슬픔도 내 것이고 비관도 내 것이다. 누구도 뺏어갈 수 없다.

의미를 이해할 수 있다면 고통을 견딜 힘이 생긴다. 1995년 6월 29일, 서울 서초동 삼풍백화점이 무너졌다. 재수생이던 '산만언니'(필명)는 아르바이트를 하다 날벼락을 맞았다. 그는 누가 부르는 바람에 그쪽으로 걸어가 몇 초 차이로 살아남았다. 그날 그의 '재난'이 시작됐다. 외상후스트레스 장애로 그날과 비슷한 냄새, 바람만으로도 고통이 통째로 돌아왔다. 어처구니없이 목숨이 스러지는 걸 보고 난 뒤 모든 게 허망했다. 그에게 삼풍백화점은 수십 년째 무너져내리는 중이다. 그 순간들을 기록하려면 그 고통을 다시 체험해야 한다. 그래도 썼다.

> "그럼에도 내가 살아온 세상은 따뜻했다고… 그러니 당신들도 살아 있으라고. 무슨 일이 있어도 그냥 살아만 있으라고. 이 말을 하고 싶어 쓰는 것이다."
>
> 《저는 삼풍 생존자입니다》, 산만언니 지음, 푸른숲, 2021.

그는 보육원 성심원의 아이들을 만나 사람 손을 잡고 삶을 다시 찾았다. 아우슈비츠 생존자인 정신과 의사 빅터 프랭클은 수용소에서 가족 모두를 잃었지만, 그에게는 살아남아야 할 이유가 있었다. 그가 완성해야 할 원고다.

인과관계로 따지면 세상이 명쾌해진다. 착하면 복을 받고 악하면 벌을 받는다, 열심히 살면 잘살고 놀면 못산다, 얼마나 좋은가. 문제는 대개 뻥이란 거다. 세상 모든 일에는 인과관계가 진짜 있지만 인간이 파악하기에는 너무 복잡하고 거대해서 우리 눈에는 없는 거나 마찬가지인지도 모른다. 글쓰기는 불가해한 세상을 이해하려는, 고통에 의미를 부여하려는 발버둥이다. 그 발버둥마저 없다면, 대체 이 난리굿 삶이 다 뭐란 말인가. 억울해서 신에게 내 고통에 대한 손해배상을 청구하는 마음으로 글을 쓴다. 행복은 만끽하면 된다. 불행은 뜯어보고 이유를 찾게 된다. 납득이 되어야 견딜 수 있으니까. 그러니 억울할수록 쓸 수 있다.

나를 알아가는 시간

"내면 아이를 안아주세요."

심리학책에 자주 나오는 말이다. 내 무의식 속에 꽁하니 앉아 있는 내면 아이의 욕구를 잘 들어주고 성장하도록 도와야 자존감도 자란다고 한다. 나는 어린 시절의 고통을 핑계 삼아 내가 원하지 않는 행동을 나도 모르는 새 하게 하는 '내면 아이'라면 지긋지긋하다. 언제까지 내 인생을 말아먹을 텐가. 글쓰기는 이 내면 아이의 작동 방식을 이해하는 데 도움이 된다.

친구가 이상하다. 나랑 거리를 두는 거 같다. 다른 친구랑 전화하다 나만 빼고 둘이 전시회에 갔다는 걸 알게 됐다. 거기서 난리 치면 이상하다. 나는 열다섯 살이 아니라 거의 반백 살이다. 놀랍지 않은가. 아직도 이런 걸로 삐친다. 화가 끓어 올랐다. 이 친구는 날 떠나버리는구나. 그때부터 파국적 사고 회로가 나도 모르게 작동한다. 사소한 일에도 공포를 느끼는 '아이'가 버튼을 누른다.

"나는 고독사하고 두 달 만에 발견될 운명."

이렇게 읊으며 가만히 있는 개를 붙들고 운다. 이제 개마저 날 떠나는 상상을 한다.

"몽덕아, 너 먼저 무지개다리 건너가면 거기서 날 기다려. 내가 곧 따라갈게. 아 그런데, 너는 천국에 가겠지만 죄 많은 나는 못 갈지도 모르겠구나. 흑흑."

개는 갈 때 가더라도 간식이나 내놓으라는 표정이다. 한 주를 '비련의 여주인공' 코스프레하다 친구에게 전화했다. 말을 이리저리 돌리다 겨우 "나 빼놓고 만나 서운했다"고 했더니 친구가 황당해하며 답했다.

"야, 피곤하다고 한 건 너잖아!"

그 말을 듣고 보니 그랬던 것도 같다. 이 '파국적 사고'는 내 전매특허다. 거기에는 자기중심성 한 방울이 화룡점정으로 들어 있다. 날 떠나고 싶어 하건 아니건 그건 친구의 감정이고 친구 거다. 내가 어쩔 수 있는 게 아니다. 찜찜한 느낌에서 왜 고독사할 운명까지 비약을 거듭하나. 무엇을 위한 '파국 플롯'일까? 거기에는 은밀한 이득이 있다. 희망을 품으면 뭔가를 해야 하지만 절망은 편안하다. 울기만 하면 된다. 어쩌면 나는 그 절망의 나른함 때문에 파국 플롯을 짜는지도 모른다. 울면서 이불 속으로 파고드는 건 참 포근하다. 이 글을 다시 읽어보니 '제 팔자 제가 꼰다'는 말이 떠오른다.

자기를 알려면 데이터가 필요하다. 데이터에서 패턴을 파악할 수 있다. 데이터는 객관적일수록 신뢰할 만하다. 글을 쓰면, 조금은 더 거리를 두고 자신을 바라볼 수 있다. 그 패턴들을 파악하면 언젠가 '제 팔자 제가 꼬지' 않을 수 있지 않을까? 충분히 사랑받지 못해 상처받았다는 '내면 아이'가 생떼를 부릴 때, 정신 차리고 말할 수 있지 않을까.

"그건 네 오해야."

한겨레문화센터에서 '내 이야기 하나쯤' 수업을 하다 보면, 정신이 번쩍 드는 글들을 만난다. 성미경 씨는 50대 방과후교사다. 수업을 듣기 전에는 글쓰기를 해본 적이 없다고 했다. 그의 글을 읽을 때마다 마지막 문장에서 나는 울었다. 〈아버지와 딸〉이라는 글도 그랬다. 새집에 이사 가 인테리어에 관심이 생겼다는 이야기부터 시작한다. 중간에 DIY 전문가급인 이웃이 부러웠다는 대목도 나온다. 그러다 목공에 빠졌단다. 면장갑을 끼고 작업하다 손가락이 드릴에 찍힐 뻔한 적도 있는데도 멈출 수 없었다. 남편이 위험하다고 반대하자 공구를 몰래 사 숨겨놓기까지 한다. 자기도 왜 그렇게 목공에 몰입하는지 이해할 수 없었다. 솔직히 여기까지 읽고 '좀 TMI(Too Much Information) 아닌가' 했다.

그가 초등학교 때 돌아가신 아버지는 손재주가 좋았다. 뚝 딱뚝딱 선반, 개집, 썰매, 평상을 만들었다. 아버지는 그에게 "원 망의 대상" "잊고 싶은 존재"였다. 그렇게 잊었다고 믿었다. 목 공에 대한 글을 쓰다 그는 알게 됐다.

"그렇게 오랫동안 내 이성은 기억을 지우려고 애를 썼는데도 몸이 반응해버렸다…. 그 오래된 기억 속의 아버지를 닮은 내가 있었다."

이렇게 멋진 주제를 왜 글의 절반 이상 지날 때까지 숨겨뒀 냐고 했더니 이렇게 말했다.

"원래 아버지 얘기를 쓰려던 건 아니에요. 목공에 대해 쓰 다가 내가 왜 그럴까 생각해보니 아버지까지 가게 된 거예요."

그는 글을 쓰며 자기에게 더 묻는다. '왜?' 질책이 아니라 알고 싶어서다. 관심 없으면 질문도 안 생긴다. 관심은 사랑의 증거다. 그는 자기가 던진 질문에 솔직하고 성실하게 답하며 자 신뿐 아니라 사람에 대한 통찰로 나아갔다.

내가 아무도 모르게 스승으로 모시는 친구가 한 명 있다.

마흔다섯 살인 그는 초등학생 때부터 다이어리를 써왔다. 자신과 가족 등 중요한 사람 관찰 일지다. 뭘 좋아하는지, 뭘 싫어하는지, 어떤 말에 화를 내는지, 가장 행복한 순간은 언제인지 꼼꼼하게 기록한다. 다이어리 적기의 달인인 그는 자기만의 인덱스를 만들 수 있는 일기를 쓴다. '나를 찾아가는 여행'이라는 챕터에는 행복한 순간들을 모았다. 어느 날 오후 라디오에서 흘러나온 음악을 듣고 감동했던 순간, 필라테스 하다 하체의 힘을 느꼈던 날을 기록해놓았다. 그 기록은 누가 뭐라 해도 나는 날 돌본다는 증거다.

"한 해 기록을 보다 보면 내가 나에게 관심과 사랑을 주는 느낌이 들어. 순간순간 잘 살았구나 자존감이 올라가고. 인생이 자기를 알아가는 항해라면 일기는 순항할 수 있도록 만들어주는 등대 같아."

'내게 가장 중요한 건 무엇일까?' 30대 출판 편집자인 전민지 씨는 이 질문에 답하고 싶어 글쓰기를 시작했다. 그는 이렇게 썼다.

"시시때때로 바뀌는 것을 두고 정말 중요한 것이라고 말하진 않는다. 한 치 앞도 예측할 수 없는 불안 가운데에서도 내 중심을 잡아주는 그 무엇. 그것을 알기 위해서라도 일상의 작은 선택을 그냥 흘려보내고 싶지 않다. 이것도 저것도 아닌 상태를 들여다보고, 애써 선택하고, 그에 따른 결과를 진지하게 생각하고 싶다. 그리고 글쓰기가 그 과정을 돕는 선생이 되기를 바란다."

40대 중반 박정태 씨는 20여 년간 한 직장에 다녔다. 그가 한 부서에 발령받았을 때 이미 그 부서 판매 실적은 분명한 내리막을 그렸다. 회사는 책임을 물을 희생양을 찾았다. 비난이 쏟아졌다. 어느 고요한 봄날, 그는 자신이 사라져버려도 괜찮겠다고 생각했다. 상담도 해봤지만 효과를 느끼지 못했다. 그는 글을 쓰기 시작했다. 2년간 일주일에 두세 편씩 블로그에 올렸다. 본 영화, 읽은 책, 만난 사람, 소소한 일상 가리지 않고 썼다.

"내 시선에서 드러나는 나를 발견하려고 노력했다."

〈글쓰기 따위의 이유〉라는 글에서 그는 이렇게 고백했다.

"난 이런 시간을 보낸 덕에 견뎌낼 수 있었다. 이제는 하늘을 보며, 그 맑고 고요함 속에서 죽음을 떠올리지는 않는다. (…) 솔직한 글쓰기란 내가 나임을 자신에게 증명하는, 온전히 나를 위한 글쓰기다."

일이 아니고서야 웬만해서는 글을 쓰지 않는 나도 절망에 빠지면 쓴다. 어쩌면 내 무의식이 나를 살리려고 시키는지도 모르겠다. 글로 쓰면 슬픔도 어느 정도 거리를 두고 볼 수 있다. 대체 나에게 무슨 일이 벌어졌는지, 왜 벌어졌는지, 다른 사람들은 이런 슬픔을 어떻게 견디는지 알아가다 보면, 슬프지 않아지는 건 아니지만 압도당하지는 않을 수 있다. 그 과정에서 나에 대해 좀 더 알게 됐다. 뭘 알게 됐는지는 아직 맨정신으로 말하지 못하겠다.

틀린 감정은 없다

20대 때 이런 질문을 많이 들었다.

"그것도 몰라요? 기자 맞아요?"

자기 생각에 내가 당연히 알아야 할 걸 모르면 그렇게 묻는다. 다 알면 재미도 없는데 애초에 그 사람을 왜 만나겠나. 상대가 그 말을 하는 순간, 관계의 역동이 묘하게 바뀐다. 어느 참에 그가 선생님처럼 나를 내려다보고 있다. 그 말에 많이 졸았다.

'나는 왜 이렇게 무식할까?'

자책하다 데스노트에 상대의 이름을 적어놓는 소심한 복수로 끝냈다. 맷집이 생겼다기보다 만사가 피곤해진 뒤에는 "네, 기자 맞고요, 그런데…" 하며 상처 안 받은 척 본론으로 넘어갔다.

그때로 돌아간다면 그 취재원들에게 불쾌하다고 말하고 싶다. (아마 못 할 거다. 꼭 그때로 돌아갈 필요는 없다. 지금도 무식하다는 말을 듣는다.) 날 무식하다고 생각하는 건 그의 자유다. 나도 내가 무식하다고 생각한다. 그런데 그걸 나한테 꼭 말해야 하나? 생각은 자유지만 모욕은 자유가 아니다. 또 자기가 알고 있는 걸 내가 모르는 게 왜 내 무식의 증거인가? 그건 지식이나 감정을 의심하지 않아도 되는, 자신이 속한 부류가 세상의 기준이라 생각하는 사람들의 말하는 방식이기도 하다. 독일이 프랑스 옆에 있다는 걸 모르면 창피하지만, 중앙아프리카공화국이 어디 있는지 모르는 건 부끄럽지 않다. 유럽의 역사는 '상식'이지만 남아시아의 역사는 아니다. 밥은 삶에 필수인데 밥 못 한다고 무식하다고 하지 않는다. 빨래, 청소 등 '살림 석학'인 우리 할머니는 유식하다는 소리 못 들어봤다. '무식한 여편네' 소리나 안 들으면 다행이다. 상식은 누가 정하는 걸까.

조남주 작가의 단편 〈현남 오빠에게〉(《우리가 쓴 것》, 민음사, 2021)에서 '나'는 현남 오빠와 10년째 연인이다. 대학 신입생일 때 복학생인 '오빠'를 만났다. 현남 오빠의 청혼에 거절하는 답장으로 이루어진 소설인데 "미안하고 고맙다"로 시작해서 욕설로 끝난다. 사소하지만 불편했던 기억들이 하나둘 떠오른다. 처음 만난 날에 대한 기억부터 두 사람은 다르다. 나는 오빠가 "공학관 가자" 했던 걸로, 오빠는 내가 "데려다달라"고 했던 걸로 기억한다. 내가 오빠의 동아리 후배라고 기억하는 사람을 오빠는 과 친구라고 우긴다. 그럴 때마다 오빠는 일말의 의심 없이 자신의 기억이 옳다고 생각하고, 나는 자신의 기억을 의심하다 오빠의 기억을 승인한다. 나는 편지를 쓰며 그 자질구레하지만 불편했던 기억을 하나둘 끄집어낸다. 그리고 "그동안 오빠가 나를 한 인간으로 존중하지 않았다는 것, 애정을 빙자해 나를 가두고 제한하고 무시해왔다는 것"을 깨닫는다.

내 친구는 비정규직으로 일하는데 듣기만 해도 혈압 오르는 차별을 수시로 겪는다. 원래 네 명이 하기로 한 일을 둘이 떠안아도 임금이 오르지 않았다. 친구가 한 일로 회사는 큰돈을 벌어 그해 상여금을 지급했지만, 친구는 받지 못했다. 정규직들만 나눠 가졌다. 부서장이 연말 상여금이 나온다고 발표하자, 정규직들은 손뼉을 치며 좋아했다. 그 자리에서 같이 손뼉을 치며 친구는 비참했다. 정규직들이 악의를 갖고 있었던 건 아니다. 다만 자신과 처지가 다른 비정규직이 그 자리에 같이 있다는 걸, 다른 대우를 받고 있다는 걸 알지 못했고 알려고도 하지 않았을 뿐이다. 그런데 친구는 자기가 이상한 사람은 아닌지 자꾸 물었다.

"내가 너무 확대해석하나? 징징거리나?"

감정에는 옳고 그름이 없는데, 상대적 약자는 자기 감정이 옳은지 불안하다. 자기 감정을 그대로 믿을 수 있는 것도 일종의 권력이다.

"넌 너무 감정적이야."

네가 너무 감정이 메마른 게 아니고?

"그게 왜 화가 나?"

그게 어떻게 화가 안 나지?

"넌 너무 예민해."

네가 너무 둔감한 건 아니고?

"네가 느끼는 건 틀렸다"고 말하는 사람이 보여주려는 건 그 기준을 정할 수 있는 자신의 권력일 수 있다. 권력은 상대적 약자가 따르면서 완성된다. 글쓰기는 그 권력이 아니라 자신을 승인한다. 그래서 전복적이다. 내가 배웠건 못 배웠건, 부자건 아니건 세상이 두 쪽 나도 내가 그렇게 느꼈다면 그렇게 느꼈다고 쓸 수 있다. 글이 잘 팔리면 부와 권력을 얻겠지만 그렇지 못하더라도 쓰는 것 자체에 은밀한 권력의 맛이 있다. 권력은 보이는 자가 아니라 보는 자가 갖는다. 이상하게 기분 나쁜 칭찬이 있지 않나. 친구 사이에도 마치 선생님이 '참 잘했어요' 도장 찍어주듯 칭찬하는 말을 들으면 기분이 상한다.

'뭔데 평가질이야.'

이 관계가 평등하지 않다는 걸 느끼기 때문이다. 글을 쓰는
건 보는 자가 되는 일이다.

　제인 오스틴의 소설《오만과 편견》은 온순하고 아름다운
맏딸 제인, 당찬 둘째 딸 엘리자베스의 연애와 결혼이 기둥 줄
거리다. 셋째 딸 메리는 언니들에 비해 예쁘지 않다. 자기 매력
을 보여주려고 한 파티에서 아무도 관심 없는데 혼자 열심히 피
아노를 친다. 나는 그의 이야기가 궁금하다. 파티장에서 홀로
피아노를 칠 때 메리는 어떤 기분이었을까. 엘리자베스가 주인
공인 소설에서 메리의 이야기는 생략된다. 메리가 주인공이 되
어야 메리의 시선으로 그가 경험하는 세계를 볼 수 있다.
　소설가 진 리스는 샬럿 브론테의 소설《제인 에어》를 읽고
분노했다. 주체적인 가정교사 제인 에어와 귀족 로체스터의 사
랑 이야기에는 크레올(유럽계와 현지인의 혼혈)인 빌런이 나온다.
로체스터의 부인으로 다락방에 갇혀 있다가 저택에 불을 질러
버리는 "미친 여자" 버사 메이슨이다. 이 이름은 남편인 로체스
터가 붙인 것이다. 도미니카에서 태어난 작가 진 리스는 버사에
게 앙투아네트 코즈웨이라는 원래 이름을 돌려주고 앙투아네
트의 시선으로 이야기를 뒤집어 소설《광막한 사르가소 바다》
(윤정길 옮김, 펭귄클래식코리아, 2008)를 썼다. 자메이카에서 태어
나 유럽인들에게 "흰색 검둥이"라고 손가락질당하는 앙투아네

트의 시선을 따라가면 '미친 사람'은 그가 아니다. 그를 '야만'이라 부르는 로체스터야말로 성차별, 인종차별을 성배처럼 모시는 '야만'이다. 《제인 에어》를 읽을 때는 버사가 빨리 죽기를 바랐는데 《광막한 사르가소 바다》를 보고 앙투아네트를 응원하게 됐다. 불을 질러버려, 앙투아네트!

분노는 나의 힘

나는 대체로 화가 나서 쓴다. 그게 내 콤플렉스다. 나는 왜 그냥 놔버리면 될 상처들을 자꾸 글로 곱씹나. 평화를 얻으려고 법륜 스님의 '즉문즉설'을 한동안 매일 유튜브로 들었다. 하도 많이 들어서 법륜 스님 흉내도 낼 수 있다. 즉문즉설 중에 한 중년 남자가 몇 년 전에 장모에게 쓴소리를 들었는데 아직도 부아가 치민다고 했다. 법륜 스님이 물었다.

"누가 나한테 쓰레기를 던지면 그걸 끌어안고 있어야 해요? 버려야 해요?"

혹시 나는 글을 쓴답시고 쓰레기를 안고 씹고 맛보고 있는 건 아닐까?

그런데 나는 '쓰레기'가 재밌다. 톨스토이도 소설 《안나 카레니나》의 첫 문장으로 "행복한 가정은 모두 비슷하고, 불행한 가정은 모두 제각각"이라고 쓰지 않았나. 사람이 행복해지려면 필수적으로 충족해야 할 요건들이 있다. 배불러야 하고 등 따듯해야 하고 주변에 사람이 있어야 하고…. 그중 하나만 삐끗해도 불행하다. 안나 카레니나가 남편에게 만족하고 그럭저럭 살았다면 아무리 대문호라도 그런 벽돌책은 못 썼을 것이다.

갈등이 나쁜가? 분노가 나쁜가? 세상의 오만 가족사가 다 올라오는 네이트판을 보면 시간 가는 줄 모른다. 내 인생이 갑자기 괜찮게 느껴진다. 웬만한 항우울제 뺨친다. 여기가 21세기 맞나 싶게 온갖 고부 갈등이 등장한다. 외식하러 가서 며느리 못 먹게 고기만 나왔다 하면 따로 할 말 있다며 식당 밖으로 불러내는 전략가 시어머니도 등장한다. 남편에게 하소연하면 열에 아홉은 "잠깐이니 그냥 넘겨라, 너만 참으면 집안이 편하다"이다. (이런 사연의 댓글 열에 아홉은 "이혼하세요"이다.)

〈우리 아이가 달라졌어요〉라는 텔레비전 프로그램에서 본 사연은 10년이 지났는데도 잊히지 않는다. 부모는 세 자매 가운데 둘째 아이가 공격적인 '문제아'라고 의뢰했다. 단발머리 둘째는 놀이터에서 놀다 친구를 밀치며 과격한 행동을 보이기는 했다. 그런데 관찰 카메라를 보면 이 애가 안쓰러워진다. '못된 애'라고 낙인찍힌 아이는 이 집의 '감정 쓰레기통'이다. 식사 시간, 아빠는 아이가 콩나물을 많이 먹는다며 도끼눈을 뜨고 화를 낸다. 콩나물 많이 먹는 게 죄는 아니잖아! 이 집의 '평화'는 이 '문제아' 둘째 때문에 유지된다. 모두 그에게 스트레스를 푸니까. 평화는 억압을 포장하는 낱말일 때도 많다.

글쓰기 수업에서 갖가지 분노를 만난다. 20대인 김형인 씨는 피디 지망생이다. 3주 동안 웹드라마 제작사에서 아르바이트를 했다. 난로 설치, 행인 통제 등 오만 잡일 담당이었는데 그일 중 하나는 담당 피디의 담배 사 오기였다. 피디가 옥상에서 담배 피울 때마다 불려가 "말로 너덜너덜할 정도로 처맞았다." 어느 일요일 촬영 날, 저녁 먹을 주변 식당을 조사하라는 지시가 그에게 떨어졌다. 그가 작성한 목록에서 치킨집을 본 피디가 노발대발했다.

"정신이 있는 거야 없는 거야! 치킨집이 어떻게 식당이야. 식당 몰라?"

치킨으로 저녁을 먹으면 안 되는 건가? 거기 싫으면 다른 데 가면 되는 거 아닌가? 그 갑질들을 고발하는 그의 글 제목은 '악당'이다.

50대 이지영 씨는 초등학교 4학년 때 소풍을 아직 잊지 못한다. 달걀 노른자만 여섯 개가 도시락에 들어 있었다. 아이들이 놀렸다. 남동생은 노른자를 싫어했다. 엄마는 동생이 안 먹는 것만 몰아 지영 씨 도시락에 담았다. 그는 손도 안 댔다. 울어서 눈은 퉁퉁 부었다. 엄마는 왜 그러냐고 묻지도 않았다. 자라오며 당한 딸 차별 설움을 쓴 지영 씨는 "글로 토해내고 나니 이제 웃으며 이야기할 수 있게 됐다"고 말했다.

30대 이명인 씨가 비정규직으로 첫 직장 생활을 시작했을 때, 그는 바퀴가 빠지거나 삐걱거리는 의자들을 모아놓은 창고에서 자기 의자를 골라야 했다. 회사 행사 때 사은품으로 주는 과자는 정규직들만 받았다. 정규직이 된 뒤에 회식 자리에서 여자 동기들은 본부장님을 빙 둘러앉아야 했다. 명인 씨는 "나는 분노하는 것에 대해 글을 쓰기 좋아하는데 분노는 결국 기존의 상태에 균열을 내기 위해 생기는 에너지라 생각하기 때문이다"라고 썼다.

어떻게 화나지 않을 수 있나. 나는 분노하지 말라는 말이 교활한 것 같다. 억울해도 이대로 살라는 주문 같다. 장애인 열사들의 일생을 담은 책 《유언을 만난 세계》(정창조 등저, 오월의봄, 2021)는 장애인이 죽어야 손톱만큼 바뀌는 세상을 보여준다. 스물한 살에 교통사고로 하반신이 마비된 최정환 씨는 직장을 구할 수 없었다. 생계를 유지하고 싶었던 그는 노점을 열고 유행가요 테이프를 팔았다. 그가 택할 수 있는 유일한 생계 수단인 노점은 불법이었다. 단속반원에게 스피커를 빼앗겼다. 경찰서에 갔으나 돌려받지 못했다. 1995년 3월 8일 그는 자기 몸에 불을 붙였다. 그의 유언은 "400만 장애인을 위해 복수해달라"였다. 이 책은 죽은 자를 기록했다. 이들이 죽지 않았다면 지하철에 엘리베이터는 하나도 생기지 않았을 테다.

회장님들은 굳이 화를 낼 필요가 없다. 눈썹만 살짝 찡그려도 다들 눈치를 보며 맞춰준다. 그래도 성질나는 일이 생기면 (대체로 성질날 일이 아니다.) 회사에서 물컵을 던지고 욕설을 뿜어내고 괴성을 질러도 잘리지 않는다. 잘리기는커녕 좀 쉬었다가 사장으로 돌아올 수 있다. 그렇지 못한 사람들의 분노는 어디로 가야 할까? 기록해 박제하고 함께 씹는 건 상대적 약자들이 누릴 수 있는 해독제다. 분노한 '작은' 사람들은 이런 X 같은 상황을 바꾸자고 작당할 수 있다. 분노가 없는 변화도 있던가.

분노는 사랑의 이면일지도 모른다. 모욕당했을 때 솟구쳐 오르는 분노는 자신을 지키라고 울리는 경계경보이기도 하다. 화의 뒷면에는 우리가 바라는 것이 쓰여 있다. 친구가 카톡을 '읽씹' 하면 화가 나는데 그 화의 뒷면에는 이렇게 쓰여 있다. '내게 관심을 가져줘.' 글쓰기는 그 뒷면을 보여준다. '떠나지 말아줘' '존중해줘' '사랑해줘'. 소망은 분노의 모습으로 드러나기도 한다. 바꿀 수 있다는 콩알만 한 희망이라도 모조리 사라지면 분노는 자신을 파괴하는 우울이 된다.

∾

순간을 잡으려고 쓴다

꽁보리밥집, 돈가스집을 지나 언덕을 올라가면 덩그러니 요양원이 나온다. 그 요양원 유리 정문 너머에 휠체어를 탄 내 외할머니가 보인다. 코로나바이러스 탓에 우리는 유리문을 사이에 두고 전화로 이야기한다. 아흔다섯 살 할머니는 지난해까지 경기도 용인 16평 빌라에서 혼자 살았다. 집은 항상 깔끔했다. 일주일에 한 번은 목욕을 다니고, 다들 필요 없다는데도 뜨개질로 쉴 새 없이 별 모양 컵받침 따위를 짜던 할머니는 화장실에서 쓰러졌다. 뇌졸중으로 몸 한쪽이 마비됐다. 쓰러지기 전까지 그는 자기 손으로 밥해 먹다 죽는 게 유일한 소망이라며 매일 기도했다. 그게 그토록 큰 바람이었을까?

유리문 저쪽에 앉은 할머니는 보라색 윗옷을 입고 손톱에

분홍색 매니큐어를 발랐다. 축 처진 왼쪽 손가락 끝도 분홍빛이다. 요양보호사들이 발라줬다.

"예쁘다."

했더니 할머니가 웃었다.

"밥 드셨어요?"

"뭐 드셨어요?"

"잠은 잘 주무세요?"

할머니가 하는 말을 알아듣지 못하겠다. 가끔 할머니는 나를 보고 엄마 이름을 부른다. 요양보호사는 요즘 할머니 기분이 오락가락한다고 했다. 할머니가 할머니의 엄마를 부르며 자주 운다고, 너무 감정을 자극하지 말라고 주의를 줬다. 엄마는 할머니가 좋아하는 노래를 유튜브에서 찾아 틀었다. 트로트일 줄 알았는데 아니다. 고전 흑백 영화 한 장면 같다. 어깨가 드러난 튜브 드레스를 입은 송민도가 한 팔을 피아노에 얹고 1955년 발표한 〈나 하나의 사랑〉을 노래한다. 허스키한 저음이다.

"나 혼자만이 그대를 알고 싶소. 나 혼자만이 그대를 사랑하여, 영원히 영원히 변함없이 사랑해주~."

할머니가 허리까지 숙여가며 전화기 가까이 귀를 대고 노래를 듣는다. 정수리 쪽에 검은 머리카락들이 몇 가닥씩 자랐다. 할머니가 아흔 살이 넘은 뒤부터 검은 머리카락이 다시 나기 시작했다.

이 노래를 들었을 당시, 할머니는 20대 후반이었다. 그 시절 찍은 사진 속에서 할머니는 무희 최승희처럼 단발머리를 하고 크고 까만 눈동자로 카메라를 똑바로 바라보고 있다. 그때 이미 아이가 여섯이었다. 할머니는 공부하고 싶었지만 여자라서 초등학교밖에 다니지 못했다. 남몰래 좋아한, 동네에서 천재 소리 듣던 남자는 월북해버렸고 그 남자 집안은 풍비박산이 났다. 열아홉 살에 얼굴 한 번 보지 못한 부잣집 맏아들에게 시집 가 그 집안의 몰락을 온몸으로 겪어내야 했던 여자, 임정순 씨는 노랫소리가 잘 안 들리는지 귀를 전화기에 더 가까이 붙인다.

"영원히 영원히 변함없이 사랑해주~."

지금도 한여름 초저녁일 때면 40여 년 전 화투점을 치던 외할아버지가 떠오른다. 개들이 골목을 배회하고 오일장이 서던 동네, 개천 옆에 있던 단층집 거실에서 할아버지는 화투패로 피라미드를 쌓아 올렸다. 화투 아랫단부터 같은 그림끼리 모두 떼어내면 그날의 운수는 대통이라고 그랬다. 내가 일곱 살쯤일 때 러닝셔츠 안 배가 달처럼 볼록했던 할아버지 옆에서 화투점을 보며 물었다.

"할아버지, 오늘 운수가 좋아?"

"글씨. 쳐봐야 알제."

"할아버지, 벌이 무서워요."

"가만히 두면 안 쏘제."

왜 쓰는가

"그래도 쏘는 벌이 있잖아요."

"그 벌이 나쁜 벌이제."

거실 큰 창문으로 붉은 대야와 수도꼭지, 할머니가 심어놓은 맨드라미가 보였다. 이 시골집에서 나는 초등학생 시절 내내 방학을 보냈다. 사촌 동생 여섯 명과 함께 방학이 시작하자마자 몰려가 끝나기 전날까지 지지고 볶았다. 창문에 껌으로 돼지를 만들어 붙이고, 딱지를 누가 멀리 날리는지 내기하고, 밤에 누가 할머니 옆에서 잘 건지를 두고 싸웠다. 할머니한테 뜨개질을 배웠는데 마무리하는 법은 익히지 못했다. 내가 흰색 실로 짠 목도리는 한 줄 한 줄 풀려 다시 실이 돼버렸다. 내 할아버지, 박희양 씨는 20년 전에 암으로 숨졌다.

우리 집 책장에 놓아둔 사진에는 50대 후반의 할머니가 그 시골집 마당에 앉아 웃고 있다. 할머니 등 뒤쪽으로 핀 건 철쭉일까 진달래일까. 저 사진을 찍을 때쯤, 할머니는 밤마다 나를 무릎에 눕히고 참빗으로 이를 잡았다. 오른손으로 하얀 달력 위에 떨어진 이를 톡톡 터트렸다. 그 오른손을 이제는 움직일 수 없다.

"영원히~ 영원히~ 사랑해주"

송민도의 노래가 끝나고 일흔셋 엄마가 할머니가 좋아하는 〈동백아가씨〉를 부른다. 가사를 자꾸 틀린다. 요양원을 방문한 지 20분도 지나지 않아 우리는 할 말이 없다.

나는 다시 검은 머리가 나는 내 할머니, 임정순 씨와 보낸

이 20분을 쓴다. 할머니 뒤쪽에 있던 식물은 산세베리아였던 가? 자세히 기억해봐, 나는 내게 말한다. 영원히, 영원히 따위는 없다는 걸 이제 할머니도 나도 다 알아버렸지만, 영원할 것처럼 붙들고 싶어 나를 채근한다. 하나도 빼놓지 말고 기록해봐. 할 머니의 눈빛은, 숨소리는, 보라색 셔츠에 그려진 무늬는? 무릎 위 담요 색깔은?

내 글은 연애편지다

겨울밤, 어느 수련회장 밖에서 스무 살 나는 서성였다. 가로등 불빛 아래 진눈깨비가 땅에 닿지 못하고 공중에 떠돌았다. 추웠다. 가로등과 가로등 사이를 오락가락했다. 머리카락이 젖어갔다. 대학 신입생 엠티 날이었다. 방 안에서 신입생들과 선배들이 술판을 벌이고 있었다. 그 술자리에서 나는 얼어붙었다. 다들 신이 난 거 같은데 나는 무슨 말을 해야 할지, 어떤 행동을 해야 할지 아무것도 알 수 없었다. 얼차려라도 받는 것처럼 앉아 있다가 화장실 가는 척 빠져나왔다. 다시 들어가기 겁나 언 손을 비비며 30여 분을 밖에서 버텼던 거 같다. 내 대학 생활은 그러니까 첫날부터 폭망했다.

　"난 유리로 만든 배를 타고 낯선 바다를 떠도네~."

동물원의 〈유리로 만든 배〉는 내 인생 주제곡 같다. 정체를 알 수 없는 이물감이 내내 내게 들러붙어 있었다. 40대가 돼 알았다. 유리 상자 밖으로 나를 꺼내줄 사람은 세상에 없다. 그건 신도 못 한다. 내가 나가야 한다.

나는 왜 글을 쓸까? 사실 가장 큰 이유는 관심받고 싶어서일 거다. 페이스북에 한 줄 써도 '좋아요'가 없으면 서운하다. 누가 '좋아요'를 눌렀는지 확인한다. 나는 애정결핍 때문에 쓴다. 유리 벽을 두드려 내가 여기 있다고 소리라도 내는 게 내게는 글쓰기다. 그러면 안 되나?

안젤리나 졸리, 키아누 리브스, 맷 데이먼, 마이클 잭슨… 나랑 비교할 수는 없지만 이런 스타들도 결핍이 있고 그 결핍이 성취의 뿌리가 됐다는 이야기를 읽다 보면 위안이 된다. 남들도 다 아프다고 생각하면 내 아픔이 가벼워진다. 이 스타 중에 화목한 가정에서 모범생으로 순탄하게 자란 사람은 거의 없다.

교회 오빠 같은 톰 행크스는 다섯 살 이후 엄마를 만나지 못했다. 가난한 요리사 아버지는 아침 일찍 돈 벌러 나가 밤 늦게 돌아왔다. 양치를 어떻게 하는지 가르쳐주는 어른이 없었다. 만화영화가 유일한 친구였다. 톰 행크스는 2021년 한 인터뷰에서 어린 시절에는 자신이 "마치 갈라진 틈으로 떨어져버린 것 같았다"고 말했다. 그는 외로움을 달래려 연극을 시작했다.

마이클 잭슨 아버지는 아동학대범이다. 다섯 살 때부터 클

럽에서 맞아가며 공연으로 돈벌이를 해 어린 시절을 송두리째 빼앗겼던 마이클 잭슨은 쉰 살에 숨지기 직전 이렇게 말했다.

"나는 어린 시절이 없잖아. 그래서 아이들을 사랑해. 어린 이들의 고통을 느껴. 〈Heal the World〉〈Will You Be There〉 이런 곡들은 모두 내 마음이 아파서 썼어. 알지? 마음이 아팠어."

결핍이 있다고 스타가 되는 건 아니지만 결핍은 추진력이 되기도 한다. 영혼을 찌그러트릴 때가 더 많지만.

자기 고통을 이해하려고 쓴 글을 나는 믿는다. 이런 작가들만큼 절박하게 답을 찾아 헤매는 사람은 드물다. 《나는 불안과 함께 살아간다》(홍한별 옮김, 반비, 2015)를 쓴 미국의 편집자이자 기자인 스콧 스토셀은 초등학교 들어갈 때부터 약 없이는 살 수 없었다. 그의 외증조할아버지는 교수이자 인정받는 학자였는데 불안증 탓에 말년에 은둔했다. 비행공포, 광장공포, 오염공포, 과민성 장증후군… 스콧 스토셀은 거의 불안 종합세트다. 신혼여행 때도 비행공포 탓에 설사할까 전전긍긍한다. 클린턴 전 대통령을 만나기 직전 과민성 장증후군 탓에 바지에 똥을 싸기도 한다. 그는 자신을 괴롭힌 불안을 30년 넘게 붙들고 늘어졌다. 생리학, 심리학, 항우울제 개발 역사, 유전학 다 파고든다. 그에 따르면 찰스 다윈, 지그문트 프로이트, 윌리엄 제임스 모두 불안증 환자들이고, 그들의 성취는 이를 극복하려는 몸부림에서 비롯됐다. 찰스 다윈은 불안증 탓에 스물여덟 살 이후 삶의 3분의 1을 토하거나 침대에 누워 보냈다. 진화론을 집대성한 《종의 기원》을 쓸 때는 불안이 극에 달해 아예 언제든 토할 수 있도록 세면대를 서재에 설치했다.

스콧 스토셀은 자식들만큼은 자기가 겪은 고통을 겪지 않기를 바랐다. 그가 오만 논문을 섭렵하며 불안의 원인과 극복 방안을 찾아 헤맨 까닭이기도 했다. 그의 아이는 그의 불안증이 발현된 딱 그 나이에 불안증을 보였다. 노벨상 수상 신경학자 에릭 캔들은 공포증과 연관된 유전자(Grp)와 불안을 조정하는 유전자(스타스민)를 발견한다. 스콧 스토셀의 치열한 발버둥은 의미 없는 것일까? 스토셀은 이 과정에서 불안이 나쁘지만은 않다는 것도 알게 된다. 불안 기질이 있는 붉은털원숭이를 불안하지 않은 양육자가 키우니 무리의 우두머리가 됐다. 불안이 위험을 대비할 능력을 키워줘 오래 살 확률을 높였다. 그는 책 마무리에 그의 불안을 끌어안는다.

> "이 책은 비록 내 무력함과 무능함에 대한 책이기는 하나, 이 책을 마침으로써 나에게 어떤 종류의 능력, 끈기, 생산성, 그리고 회복탄력성이 있음을 드러낼 수도 있는 것이다."

나를 가장 괴롭히는 건 뭔가? 성경에서 홀로 남겨진 야곱은 야밤에 침입자와 밤새 씨름한다. 침입자가 야곱의 허벅지 관절을 쳤지만, 야곱은 "내게 축복하지 않으면 못 간다"며 그를 붙들고 늘어진다. 결국 이 침입자이자 천사는 두 손 두 발 다 들고 야곱을 축복한다. 영화 〈아가씨〉에서 아가씨 김민희의 대사처럼 결핍은 '나를 파괴하러 온 나의 구원자'인지도 모른다.

때로 삶 전체가 상실에 대처하는 법을 배우는 과정 같다. 영화 〈벌새〉는 열네 살 은희가 상실을 배우는 과정을 따라간다. 한 학년 후배는 은희가 좋다고 쫓아다닐 때는 언제고 어느 참에 모른 척이다. 은희가 왜냐고 물으니 그 후배는 이런 명대사를 날린다.

"언니, 그건 지난 학기잖아요."

은희가 열네 살이던 1994년, 성수대교가 무너져 32명이 숨졌고 그중 9명은 등교하던 무학여고 학생들이었다. 은희의 언니는 지각하는 바람에 사고를 면했다. 강가에 서서 무너진 다리를 보며 은희는 운다. 아무 잘못 없이, 이유 없이, 삶이 꺼져버릴 수도 있는데 어떻게 불안하지 않을 수 있겠나.

40대 후반인 나는 내 인생에서 부재를 상상조차 할 수 없는 존재들을 언젠가 잃을 것을 이제 확실히 안다. 내 결핍은 더 커질 거다. 이 불안과 결핍에 대응하려고 계속 연애편지를 쓰는 건 할 수 있다. 친구가 돼달라고 유리 상자 밖 바다로 편지를 띄

워 보낼 거다. 답장받지 못하더라도 (못 받을 거 같다.) 이 편지들
은 내게 말해줄 거라 생각한다. 그래도 너는 적어도 네 친구였
다고 말이다.

서로의 고통에 기대어

컴퓨터 화면에 다섯 명의 얼굴이 떴다. 내가 맡은 '내 이야기 하나쯤' 수업 시간, 코로나 때문에 줌으로 러시아, 일본, 한국에서 접속한 사람들이다. 그날은 두 달 동안 이어진 수업의 마지막 시간이었다. 아마 이 다섯 명이 다시 모일 일은 없을 거다.

50대 중년 여자가 자기가 쓴 글을 읽는다. 이 수업 전까지 그는 러시아 여행 이야기를 썼다. 부러웠다. 그날은 달랐다. 그는 자신의 병에 대해 썼다. 그 병이 아들에게도 발현됐다고 했다.

그의 글이 끝나고 60대 여자는 갈라져 피가 나기 일쑤인 자기 발뒤꿈치에 대해 들려줬다. 날이 추워지기만 하면 쩍쩍 갈라지는 발뒤꿈치를 그는 돌본 적이 없다. 로션이라도 발라보라는 지인들 조언도 귓등으로 들었다. 그는 발뒤꿈치에 신경 쓸 여력이 없었다. 어쩌면 자기 발뒤꿈치 따위는 돌봄을 받을 가치가 없다고 느꼈는지도 모른다. 딸이 아팠고 싱글맘인 그의 삶은 지난했다. 어느 날, 그는 피 흘리는 발뒤꿈치를 쓰다듬어 봤다. 대야에 따뜻한 물을 받아 발을 불리고 깨끗이 닦은 다음 로션을 듬뿍 바른 뒤 양말을 신고 잤다. 발뒤꿈치는 보드랍고 말랑말랑해졌다. 그는 그 안쓰러운 발을 만져보았다.

뒤이어 30대 초반인 여자와 남자가 우울증과 강박, 떠나버린 아버지와 어머니에 대한 이야기를 들려줬다.

수업 시간이 끝난 뒤에도 한참, 우리는 서로 위로했다. 그 위로는 각별한 조언이나 평가가 아니었다. 다만, 자신의 슬픔을 솔직하게 털어놨을 뿐이다. 교회 부흥회라도 다녀온 것처럼 내가 더 큰 무언가에 연결된 느낌이 들었다. 우리는 아프고 그래서 혼자가 아니었다.

'내 이야기 하나쯤' 수업을 시작한 4년 전, 전 직장 동료가 이 수업에 참여했다. 아마도 나 돈벌이하라고 도와준 거 같다. 나는 이 친구를 1년 7개월 동안 같은 직장에서 매일 봤다. 회사에 다닐 때, 그는 긍정의 아이콘처럼 보였다. "Yes. We can do it." 나이키 정신의 인간 현현이랄까. 구김살 없이 사교적인 사람, 못 하겠다 뒤로 뺀 적이 없는 친구, 그게 내가 그에 대해 알고 있다고 생각한 전부였다. 매주 한 편씩 그의 글을 보며, 나는 대체 1년 7개월 동안 누구를 만났던 건지 놀랐다. 회사에서 쓰던 '명랑' 마스크를 벗어놓아도 되는 집에서 그는 우울했다. 자기에게 함부로 한 사람들에게 '복수'를 다짐했다. 복수라고 해봤자 인사할 때 상대방 인중 보기, 엘리베이터 '닫힘' 버튼 빨리 눌러버리기 따위다. (내 평상시 행동으로 봤을 때, 그가 내 인중에도 몇 번 인사하지 않았을까 생각한다.)

한 30대 여자는 부티와 교양이 흘렀다. 우아했다. 내가 기죽어서 거리 두는 타입이다. 교수였다. 그는 내가 듣도 보도 못한 화가들에 대한 글을 매주 썼다. 어렵고 추상적인 낱말들을 읽다 나는 다른 생각에 빠지기 일쑤였는데 나 같은 미술 문외한한테는 '안물안궁'이었던 탓이다. 마지막 시간, 같이 수업 듣는 모두가 놀랐다. 같은 사람이 쓴 글이 아닌 거 같았다. 그는 10여 년째 앓고 있는 거식증에 대해 썼다. 거식증의 증상을 생생하게 묘사하고 병이 어디서 왔는지 분석까지 더한 글이었다. 나는 그토록 자신의 문제를 성실하게 파고들고 연구하는 사람, 자기를 객관적으로 분석해내는 사람을 별로 본 적이 없다. 내가 안다고 생각한 사람은 누구일까?

이 수업을 4년째 하다 어떤 패턴을 발견했다. 처음에는 대체로 취미나 여행 이야기를 쓴다. 커피는 그라인더에 갈아 마셔야 맛있고, 여주는 동백꽃이 흐드러졌더라는 글들이다. 그러다 시간이 지날수록 누가 시킨 것도 아닌데 한 사람씩 자신의 진짜 슬픔을 쓴다. 그 슬픔의 뿌리는 대개 가족이다. 자식을 버리고도 내가 널 버려줘서 고맙지 않느냐라는 태도로 나오는 부모, 언제든 떠나버릴 것같이 굴며 협박하는 자녀, 서로를 감정 쓰레기통으로 쓰는 부부, 얼토당토않은 기대로 자식의 숨통을 죄는 부모…. 그리고 아마도 그 부모들도 그런 부모가 있었을 거고 그 위에 또 그런 부모가 있었을 거고 그렇게 슬픔은 굽이굽이 이어졌을 테다. 우리가 슬픈 까닭은, 그럼에도, 사랑하고 싶기 때문이다.

글로 우리는 약한 존재임을 드러냈다. 그건 상대를 향한 신뢰의 표현이기도 하다. 고통은 약점이 되기도 한다. SNS에는 온통 행복한 표정들뿐이다. 글을 쓰자고 모인 우리는 적어도 내 고통이 타인의 우월감을 북돋우는 용도로 쓰이지 않을 거라는 믿음이 있었다. 심장병, 암 등을 앓은 의사 아서 프랭크는 《아픈 몸을 살다》(메이 옮김, 봄날의책, 2017)에서 "아픈 사람들은 아픈 것으로 할 일을 다 했다"고 썼다. 우리가 어떤 존재인지 드러내기 때문이다. 법철학자인 마사 너스바움은 《혐오와 수치심》(조계원 옮김, 민음사, 2015)에서 철학·심리학·법학 등 오만 분야를 횡단하며 혐오의 뿌리를 찾는다. 사람은 동물이고 반드시 늙고 죽어야 할 존재인데 그렇지 않은 척한다. 자기 안의 취약함을 못 본 척하려고 약한 자에게 투사한다. 그래서 자기의 약함을 껴안지 못하면 악해질 수도 있다.

한국 사회는 취약하지 않음을 전제로 설계된 곳 같다. 그런 곳에서는 모두 불안하다. 그 불안은 연결로만 넘을 수 있다. 우리는 글로 연결될 수 있다.

2부

글쓰기의 조력자들

내 안에 비평가 잠재우기

나는 글쓰기를 영혼에 따귀를 맞아가며 배웠다. 나만 그런 건 아닐 거다. 교육은 대체로 평가질이다. 논리적으로 판단하는 능력을 기르는 데 초점이 맞춰져 있다. 글은 채점할 거리다. 20세기 야만의 시절 학교에 다닌 나는 일기만 쓰려고 해도 압박을 느낀다. '국민'학교 때, 일기도 검사받지 않았나. 잘했다는 도장을 받고 싶은 마음을 지금도 버릴 수 없다. 한국에서 교육은 사람을 점수로 만드는 모욕에 가깝지 않은가. 개별성은 위험하다. 누구나 딱 봐도 이 사람의 '가격'을 알 수 있도록 보편적 점수를 따는 게 중요하다. 내가 국민학교에 다닐 때는 반공 글짓기를 매년 했다. 만나본 적도 없는 사람들을 얼마나 증오하는지 생생하게 쓸수록 칭찬받았다. 읽고 싶지도 않은 책을 읽고 독후감을 썼다. 글쓰기는 상 받거나 벌 받지 않기 위한 도구였다. 그래서 나는 글을 쓰고 싶다는 사람들을 보면 신기하다. 노트북만 켜면 긴장하니까.

신문사에 입사하고 글쓰기 훈련을 본격적으로 받았다. 당시 신문사는 부트캠프였다. '생선이 컸다'고 쓰면 혼난다. 크기의 기준은 사람마다 다르니까. 생선이 어른 팔뚝만 하다거나 길이가 몇 센티미터라는 식으로 구체적으로 적어야 한다. 수습 시절 중국집 두 곳이 서로 치고받은 사건을 보고했다. 짜장면 그릇 때문에 촉발된 싸움이었는데 양쪽 집 형제들이 나와서 발차기를 해댔다. 선배가 물었다.

"맞은 사람 말이야, 오른쪽 뺨 맞았어? 왼쪽 뺨 맞았어?"

나는 정신이 혼미해졌다. 어느 중국집 몇째가 어딜 맞았는지 헷갈린다. 지금이라면 아무렇게나 대답하고 말 텐데. 우물쭈물하다 욕먹었다. 눈물이 줄줄 났다. 경찰들이 위로해줬다. 당시에는 오후 7시쯤이면 다른 신문 1판을 볼 수 있었다. 놓친 게 있나 훑어보는 시간이다. 그때마다 손에 식은땀이 흥건했다. 불호령 전화가 걸려 올 거다. 나같이 불안증이 있는 사람에게 그 시절 글쓰기는 공포였다. (객관적이고 구체적으로 써야 한다는 건 큰 배움이었다. 그게 틀렸다는 건 아니다. 다만 그때를 떠올리면 배움보다 욕이 먼저 생각난다.)

당연히 글쓰기는 이렇게 배우는 건 줄 알았다. 난데없이 프리랜서가 돼 한겨레문화센터에서 언론사 입사 준비하는 수강생들에게 논술, 작문을 가르쳤는데 문장 하나하나 꼬투리 잡고 늘어지며 까다롭게 굴었다. 몇몇 수강생을 울리기도 했다. 입사 시험 준비라 더 그랬던 거 같다. 두 달짜리 수업이 절반 지나기 전에 수강생 절반이 글을 써내지 못했다. 현타가 왔다. 글쓰기를 배우는 과정이 꼭 괴로워야 하나. 무엇을 위한 '조지기'인가. 글은 근육과 같아서 일단 써야 늘지 않나. 되든 안 되든 하여간 앉아 자판을 두드려야 느는 게 아닌가. 내가 하는 짓은 되레 글을 쓰지 말라는 방해 아닌가.

그렇지 않아도 괴로운데 채찍질까지 더하면 쓰기를 작파하는 수가 있다. 직언은 널렸다. 세상에 많고 많은 '감별사'들은 SNS에 올린 글에서도 부지런히 오점을 찾아내준다. 직장 생활을 1년만 해도 직언은 배 터지게 들을 수 있다. 엉덩이 팡팡 두들겨주는 응원자가 필요하다. 한 유명 피디는 정기적으로 후배들에게 술을 산다. 그 모임의 규칙은 딱 하나다. 직언 금지, 아부 환영.

내가 중독돼 보는 넷플릭스 시리즈 중에 하나(그런 시리즈가 너무 많다.)는 〈퀴어 아이(Queer Eye)〉다. 성소수자인 '멋쟁이 5인방'이 패션, 인테리어, 요리, 대인관계, 헤어스타일을 맡아 의뢰자의 삶을 바꾸는 프로그램이다. 대체로 이 프로그램의 의뢰자들은 타인을 위해 일하지만 자기는 '나 몰라라'하는 사람들이다. 머리는 봉두난발, 패션은 어느 시대인지 집어 말할 수 없는 복고풍으로 옷의 기능은 몸을 최대한 감추는 것이다. 집은 방금 도굴당한 고대 유적지 같다. 멋쟁이 5인방의 주특기는 물개박수다. 의뢰자가 셔츠 하나만 바꿔 입어도 "고져스" "섹시" "판타스틱" "핸섬" 난리다. 이처럼 오두방정급 칭찬을 들으면 뭐라도 하고 싶어진다. 책상에 앉아 컴퓨터를 켜고 흰 종이를 마주할 수 있다. 단, 칭찬에도 기술이 필요하다. 평가하는 태도로 하면 더 기분만 잡친다. 근거 없는 칭찬은 기운만 뺀다. 기운을 북돋우는 칭찬을 해주는 사람이 곁에 있다면, 당신은 신의 귀여움을 받는 사람이다. 그런 사람이 없으면 자기가 해주면 된다. 약간의 '자뻑'이 죄는 아니지 않나. 실제는 우주의 먼지 같은 존재라도 자신의 의미를 믿어야 살 수 있는 게 인간 아닌가? 약간의 자뻑은 망망대해 흰 종이 위에서 배를 앞으로 밀고 나가는 돛 같은 것이다. (과하면 배가 침몰한다.) 글쓰기 연습할 때는 그렇다.

　세상에 많고 많은 평가자 중에 제일 독한 놈은 자기 자신일 때가 많다. 남이 나한테 했다면 멱살을 잡으려 달려들 이야기를 자신에게는 수시로 한다. 이런 평가질은 자기 안에 한 톨이라도 남아 있는 창조력을 말려버린다. (그래서 내 창의력이 씨가 마른 걸까?) 잘 쓰려고 하면 더 망한다. 아니, 시작할 수가 없다. 너무 걱정하지는 말자. 우리에게는 퇴고가 있다. 일단 컴퓨터를 켜거나 펜을 들고 쓰다 보면 주제가 떠오르기도 한다. 이번 글로 퓰리처 상을 탈 건 아니라는 생각으로 끄적여본다. 그 안에 아직 덜 여물었지만 주제로 발전해갈 씨앗이 숨어 있을지 모른다. 내면의 평가자를 잠재우면 무의식이 기지개 켜며 생각하지도 못한 아이디어를 툭 던지기도 한다. 컴퓨터를 켜는 것조차 글쓰기의 부담을 깨운다면 다른 방법을 써볼 수 있다. 종이만 쳐다봐도 긴장하는 나는 휴대폰에 블로그 앱을 깔고 친구에게 카톡 보내듯이 써봤다. 맞춤법 다 틀리고 호응도 맞지 않는 엉망진창 문장들이었지만 하여간 순식간에 뭔가를 써냈다는 성취감, 나중에 뒤져볼 창고가 생겼다는 안정감이 생겼다. 오늘 뭐라도 썼으면 "잘했다"고 자기 궁둥이 팡팡해주자. 돈 드는 일도 아니지 않나.

내 경우, 자기 검열의 가드를 내려놓고 글감을 찾는 데 더 효과적인 방법은 대화다. '칼럼 주제를 찾아야 돼!'라며 결사 항전의 자세로 나서면 더 안 나온다. 주제가 괜찮다 싶으면 논리를 전개할 수 없고 논리가 있다 싶으면 남들이 다 한 얘기다. 그때 내게 필요한 건 '아무 말 대잔치'다. 의식의 가드를 내려놓을 수 있는, 나를 평가하지 않을 거라는 (아니면 좀 덜 평가할 거라는) 신뢰가 있는 상대면 좋다. 타고난 히키코모리인 내게 다행히 친구 한 명이 있는데 (곧 떠날지도 모르겠다.) 그 친구랑 대화는 이런 식이다.

"아무래도 안 되겠어. 힘들어서 못 살겠어. 나 죽으려고 하니까 청산가리랑 밧줄이랑 세트 구매 좀 해줘.”

“과소비다. 그런 세트 구성이 있겠냐? 바보냐? 청산가리 먹고 죽으면 밧줄은 필요 없는 건데 누가 그걸 세트로 사.”

그렇게 아무 말이나 하다 보면 내가 생각지도 못한 유머가 튀어나오기도 해서 자신감이 솟구친다. 내 이야기에 친구가 말을 보태고 그러다 보면 관련 없어 보이는 소재들 사이에 공통 줄기가 잡히기도 한다. 단, 의식을 안드로메다로 보내버리고 무의식을 깨우는 대화법에는 단점이 있다. 수다만 주야장천 떨다가 당 떨어져서 잠들고 말 수 있다.

가끔, 반려견 몽덕이가 내면의 평가자를 잠재워준다. 몽덕이 앞에서 나는 잘날 필요가 없다. 내가 글을 잘 쓰건 못 쓰건 몽덕이는 아무런 관심이 없다. 이 개랑 산책하다 내가 작사 작곡한 이상한 노래를 부르고는 한다.

“세상에 개는 많아도 몽덕이는 한 마리~.”

“누가 몽덕이를 바보 똥개라고 하는가. 그건 엄마, 그건 엄마~.”

개 앞에서는 괴상망측한 춤도 춘다. 이럴 때 나오는 노래며 춤이 작품이 될 가능성은 없지만, 그때마다 나는 평가투성이 세상에서 맛보지 못한 자유를 느낀다. 어쩌면 그런 자유가 나를 글감의 엘도라도로 데려다줄지도 모르지 않는가. (아직은 막춤까지만 데려다줬다.)

전혀 다른 이야기들이 엉켜 새로운 이야기를 만든다. 《유혹하는 글쓰기》(김진준 옮김, 김영사, 2017)에 스티븐 킹은 출세작 소설 《캐리》의 아이디어를 어디서 얻었는지 썼다. 스물여섯 살 때 그는 이미 아이가 둘이었다. 쥐꼬리만 한 봉급에 주중에는 학교에서 영어를 가르치고 주말에는 세탁소에서 일했다. 부인 테비는 던킨도너츠로 출근했다. 그가 "작가로서 절망에 빠져 있었다"고 말하는 시기다. 그래도 그는 세탁실에서 남는 시간에 뭔가를 끄적였다.

어느 날, 그 세탁실에서 기억 하나가 떠오른다. 열아홉 살 즈음 고등학교에서 아르바이트하다 여학생 샤워실에서 녹자국을 닦아냈던 기억이다. 처음 본 여학생 탈의실엔 탐폰 자판기가 있었다. 그 기억은 그 전에 읽은 기사와 결합한다. 염력은 청소년 시절, 특히 초경을 전후한 시절에 가장 강하다는 기사였다. 그렇게 염력을 지닌 왕따 소녀 캐리가 태어났는데, 킹은 몇 페이지 쓰다 말고 쓰레기통에 처박는다. 이 구겨진 원고를 꺼내 담뱃재를 털어내고 그에게 다시 써보라고 준 사람은 '언제나 그를 믿어준' 아내 테비다. 테비는 "이 이야기엔 뭔가 특별한 게 있다"고 했다.

이후 킹은 한 출판사에서 《캐리》를 내고 싶다는 연락을 받는다. 연락이 학교로 온 까닭은 전화 요금이 부담스러워 집에 전화를 두지 못했기 때문이다.

김운경 작가가 쓴 레전드 드라마 〈옥이 이모〉을 기억하시는지. (기억한다면 40대 이상이다.) 한 장면을 30년이 지난 지금도 기억한다. 똥꼬 찢어지게 가난한 시골 동네에서 한 아이가 놀림을 당한다. 감자 같은 얼굴, 바닥을 기는 성적, 가난한 가족, 다 놀림거리다. 선생님은 근엄한 얼굴로 반 아이들에게 말했다.

"너희 중에 얘처럼 혀 말 수 있는 사람 있냐?"

아무도 없다. 이 감자 얼굴 아이는 혀를 동그랗게 말아 자랑스럽게 보여준다. 아이들은 부러워한다. 나는 이 장면을 볼 때 울고 싶었다. 어떻게든 찾아낸 근거를 가지고 칭찬해주는 사람 옆에서는 마음이 놓인다. 이것저것 시도해볼 수 있다. 자기 의심이 필요할 때가 있지만 (어떤 사람은 이게 너무 없어서 탈이기도 하다.) 첫발을 뗄 때는 자신을 향한 신뢰와 응원이 필요하다.

비판하는 데는 쾌감이 있다. 남을 평가하는 일에는 중독성이 있다. 그건 권력이다. 상대를 비판하면 자기가 높아지는 기분이 든다. 어느 순간 비판의 액셀러레이터를 밟고 있다. 폭력을 행사하는 사람도 비슷할 것이다. 인성에 문제 있는 사람만 권력의 맛에 빠지는 게 아니다. 정신을 바짝 차리지 않으면 순식간에 경계를 넘게 된다. 이런 경계는 자기가 자기를 비판할 때도 넘을 수 있다. 자신을 패면서 자기의 강함, 선함을 느낄 수도 있다. '나는 나 자신을 팰 수 있을 만큼 객관적이고 도덕적인 사람이야'라는 도취에 빠진다. 겸손을 가장한 교만이다. 그러면 인생을 같이할 수 있는 친구를 잃게 된다. 자기와 글쓰기 말이다.

　　다만 자기 안의 비판자를 잠시 잠재우는 건 글을 연습할 때, 초고를 쓸 때 얘기란 점을 밝혀둔다. 그런데 초고를 쓰지 못하면 퇴고를 할 수도 없다. 시작하지 않으면 끝낼 수 없다. 자신이 무라카미 하루키나 한강이 아니더라도 펼 일은 아니지 않은가.

질투가 가리키는 방향

한동안 2017년 노벨문학상 수상 작가인 가즈오 이시구로를 덕질했다. 그가 쓴 소설 《나를 보내지 마》(김남주 옮김, 민음사, 2009)를 읽고 펑펑 운 후부터다. 장기 기증용으로 태어난 복제 인간 루스, 토미, 캐시의 이야기인데 그들이 사는 기숙학교를 얼마나 구체적으로 묘사했는지 버스 타고 갈 수 있을 것 같다. 원본 인간인 '근원자'를 위해 장기 적출을 당하다 죽는 이 복제 인간들은 저항하지 않는다. 읽다 보면, 이 복제 인간이 곧 늙어 죽을 운명인 우리라는 생각이 든다. 우리도 죽음의 시기에는 저항할 수 있지만 죽음에서 도망칠 수 없지 않나. 그렇게 부질없이 사라지지만, 또 서로에게 잊히지 않는 기억으로 남는 존재들 아닌가. 대체 가즈오 이시구로는 복제 인간으로 살아본 적도 없으면서 어떻게 이렇게 생생한 클론들을 창조해낼 수 있지? 유튜브를 뒤져 그의 인터뷰들을 찾아봤다. 원래 록밴드를 했던 그는 문학으로 방향을 튼 뒤 일본을 배경으로 전후의 상처를 담은 소설 《창백한 언덕 풍경》(김남주 옮김, 2012)을 발표한다. 일본 나가사키에서 태어나기는 했지만 다섯 살에 해양학자인 아버지를 따라 영국으로 이주한 후 영국에 산 사람이다. 1986년, 기자 클리브 싱클레어가 그에게 물었다.

"전후 일본을 생생하게 그렸는데 어떻게 자료 조사를 했나요?"

"저는 자료 조사를 거의 하지 않아요. 제가 생각하는 주제를 잘 보여줄 수 있는 상황을 선택할 뿐이에요. 상상으로 이야기를 만들어낸 뒤에 아주 틀린 부분이 있는지만 체크해요."

아, 잘났다. 다 해 먹어라. 상상은커녕 경험한 것도 그토록 실감 나게 쓸 수 없는 나는 다 때려치우고 싶어진다.

뛰어난 작가들이 쓴 글쓰기 책은 다 읽고 나면 그냥 부럽다. 좌절감이 든다. 유전자가 원망스럽다. 스티븐 킹의 창작론인 《유혹하는 글쓰기》를 보면, 그는 그냥 그렇게 타고 태어났다. 초등학교 시절부터 이야기를 만들었다. 누가 시키지 않는데 말이다.

무라카미 하루키는 "소설가에게 가장 중요한 자질은 말할 나위도 없이 재능이다"라고 《달리기를 말할 때 내가 하고 싶은 이야기》(임홍빈 옮김, 문학사상, 2009)에 썼다. 그걸 꼭 하루키한테 들을 필요는 없다. 그가 말 안 해줘도 매일 절감한다. 그래서 어쩌란 말이냐.

세상에는 신이 특별히 귀여워하는 천재들이 많다. 계속 태어난다. 2020년 네덜란드 작가 마리커 뤼카스 레이네펠트가 자전적 소설《그날 저녁의 불편함》(김지현 옮김, 비채, 2021)으로 최연소 맨부커 외국어상을 받았다는 기사를 읽었다. 당시 1991년생, 스물여덟 살이란다. 신문에 실린 사진 속에서 떡진 금발 머리를 한 작가가 푸른 눈으로 무심한 듯 카메라를 응시하고 있다. 세 살 때 오빠를 잃은 경험을 바탕으로 6년 만에 이 소설을 완성했다. 작가는 수상 소감에서 소설을 쓰는 동안 이런 글귀를 붙여두었다고 했다.

"가차 없이."

"나는 열 살이었고 더 이상 코트를 벗지 않았다"로 시작한 소설은 가차 없었다. 2000년대 초반 네덜란드 시골의 한 낙농장에 사는 아이 '야스'의 이야기다. 크리스마스를 며칠 앞둔 날, 큰오빠 '맛히스'가 스케이트를 타러 호수에 갔다가 얼음 틈에 빠져 죽는다. 그날부터 야스는 똥을 누지 않는다. 더 이상 아무것도 잃고 싶지 않기 때문이다.

그의 문장들은 읽는 사람이 폐, 창자, 똥구멍, 척추로 슬픔을 느낄 때까지 나아간다. 네덜란드 어린이 야스의 고통을 이역

만리에 사는 중년인 내가 경험하게 한다. 나는 이 소설을 읽으며 바짝 긴장했는데 다음 문장이 무엇일까 하는 궁금증 때문이었다. 식상한 비유가 없다. 어머니의 굽은 등에 대해 작가는 "슬픔은 사람의 척추에까지 올라온다"고 썼다.

야스는 아빠의 가르마에서 일자나사못을 떠올리고 그를 못처럼 박고 싶다. 거기 가만히 자기 이야기를 들어줄 수 있도록. 린 아주머니의 엽서를 꽂아뒀던 압정이, 선생님이 세계지도 속 가고 싶은 장소에 꽂아놓은 압정으로, 그리고 야스가 자기 배꼽에 찔러 넣은 압정으로 점프한다. 야스는 압정을 자기에게 찔러넣지 않고는 이 부유하는 세계에서 자기 위치를 알 수 없다. 맛히스가 떠나고 남은 세 남매는 토끼, 햄스터, 자기 자신과 친구를 학대하기 시작한다.

아, 너무한다. 신은 왜 어떤 사람만 귀여워하나. 질투가 났는데, 또 생각해보니 내가 질투할 대상이 이토록 천재일 것까지도 없다. 나보다 잘 쓰는 사람은 널렸다. 내가 질투하는 사람이 하나둘인가. 글 잘 쓰는 사람들, 책 많이 판 페친들의 피드가 안 보이도록 여럿을 페이스북에서 '거리두기' 했다. 그런 피드를 보면 자괴감이 드니까. 내 페이스북 피드에 남은 사람들에게 미안할 지경이다.

질투는 의욕을 꺾기도 하지만 장점도 있다. 내 욕망이 무엇인지 명확히 말해준다. 물론 나는 30년 된 아파트에서 바퀴벌레랑 사는데 친구가 새 아파트로 이사 갔다면 부럽다. 나는 한 삽, 한 삽 삽질하듯 돈을 버는데 친구가 억대 연봉 받는다고 하면 부럽다. 그런데 이게 진짜 질투가 아니라는 건 안다. 이런 부러움은 집에 돌아와 개랑 공놀이 한 번 하고 나면 사라진다. 그러나 경악할 만한 작가들의 글을 보면 나는 정말이지 배가 아프다. 오래오래 아프다. 그러니까 바로 그게 내가 욕망하는 것이다. 대체 이런 상상력과 문장은 어디서 나오는 거지, 어떻게 이렇게 쓸 수 있지?

가질 수 없는 걸 갖고 싶은 건 괴로운 일이다. 그럴 땐 이렇게 나를 달랜다. 일론 머스크가 못 될 거면 사업하면 안 되나? 피카소가 아니라면 그림 그리면 안 되나? 식당이 모두 미쉘린 가이드 별 세 개일 필요는 없지 않나? 그런 천재들만 있는 세상은 지겹지 않겠나. 고만고만한 동네 분식집, 편의점 또 형편없는 식당도 필요하다. 그래야 평범한 맛, 편한 맛, 씹는 맛을 누릴 수 있다. 내 글은 적어도 독자에게 천재들이 주는 열패감은 주지 않는다. 씹고 뜯을 거 천지인 내 글은 마른오징어처럼 술안주로 좋다고 나를 위로해본다.

글쓰기에도 근육이 붙는다

옆에 누운 개가 자꾸 엉덩이로 밀어대는 바람에 잠을 설쳐 더 그럴 수도 있다. 아니, 개는 핑계다. 오만 불안이 몰려온다. 취재를 못 하면 어쩌지? 마감을 못 하면 어쩌지? 통장 잔고가 바닥이 난다면? 몽덕이가 떠나고 나면? (반려견 몽덕이는 아직 세 살인데 벌써 그런 날을 상상하며 운다.) 오늘내일 일로 시작했던 불안이 인생 전체에 드리운다. 자려고 누웠다 이런 생각에 갑자기 벌떡 일어나 앉으면 개가 짜증나는 듯 노려본다.

　이런 불안은 프리랜서가 된 뒤에 폭발했다. 기자 일하던 때도 '내일 지면에 구멍 내면 어쩌지'라는 생각에 잠을 잘 자지 못하기는 했다. 그런 불안이 콩알탄 정도라고 한다면 (콩알탄으로 맞아본 사람은 그 화력을 알 거다.) 프리랜서 이후 닥친 불안은 핵폭

탄이다. 영혼을 튀겨버릴 거 같다. 한국은 조직에 속하지 않는 사람에게 '벌금'을 걷는다. 지역가입자가 되면 건강보험료가 뛴다. 소득은 들쑥날쑥 쥐꼬리인데 고정비용은 늘어난다. 일상적으로 만나는 사람이 줄어든다. 사회적 동물인 인간에게 고립감은 신체적 고통과 동급이다. [과학 저널리스트 마르타 자라스카의 《건강하게 나이 든다는 것》(김영선 옮김, 어크로스, 2020)에 그걸 보여주는 실험이 나온다.] 시간의 구획이 사라진다. '아차' 하는 사이 하루가 뭉텅이로 가고 없다.

거울을 보며 "할 수 있어"를 세 번씩 외쳐봐도 별 소용없었다. 일상이 무엇인가에 뿌리를 내려야 한다. 자존감은 저절로 자라지 않는다. 근육 같은 거라 노동해야 올라간다. 자기를 좋아하려고 해도 뭔가 근거가 필요하지 않겠나. 일상에 단 몇 분만이라도 의식적으로, 마음을 기울여 같은 행동을 반복하는 리추얼이 그 기둥이 될 수 있다고들 했다. 《리추얼》(메이슨 커리 지음, 강주헌 옮김, 책읽는수요일, 2014) 추천사에서 문화심리학자 김정운은 이렇게 썼다.

"인생에서 가장 중요한 심리학적 가치는 재미와 의미다. (…) 의미는 도대체 어떻게 만들어지는가? '리추얼'을 통해서다. (…) 사소하고 단조로운 반복으로 보이지만 자신이 의미 있는 존재로 확인되는 것이다."

가장 소중한 것들이 어처구니없이 사라져버리기도 한다. 론 마라스코와 브라이언 셔프의 《슬픔의 위안》(김설인 옮김, 현암사, 2019)은 상실을 다룬 책이다. 저자들은 상실을 겪은 사람들을 인터뷰해 고통스러운 시간을 지나는 데 무엇이 가장 도움이 됐는지 물었다. '잘 이겨낼 거야' 따위 위로는 쓸모없다. 말한 사람도 장담하지 못한다는 걸 듣는 사람은 안다. 상실에 두들겨 맞은 사람은 인사치레에 답할 에너지가 없다. 벼랑 끝에 매달린 그에게 필요한 건 밧줄 한쪽 끝을 잡고 있는 단단한 손이다. 새벽에 전화를 걸어도 받아줄 거라는 신뢰가 필요하다. 상실한 사람들에게 함부로 위로랍시고 뻥을 쳐서는 안 된다.

일상의 리추얼도 그런 작지만 확실히 잡을 수 있는 손이다. 눈물이 콸콸 나도 하여간 일어나 이를 닦고 세수하고 몽덕이 산책시키고 밥을 주다 보면 또 하루를 앞으로 밀고 나가고 있다. 습관들은 불행의 어퍼컷을 맞고 우주 밖으로 나동그라진 마음을 매일 봤던 동네 친구처럼 일상으로 끌어들인다.

유명한 작가들의 리추얼은 건국 신화처럼 전해 내려온다. 이런 작가들은 거의 알에서 태어난 주몽 같다. 무라카미 하루키는 새벽 4시에 일어나 낮 12시까지 글을 쓴다. 가장 정신이 맑은 시간이란다. 200자 원고지 20매만 쓴다. 생각이 안 나도 샘솟아도 딱 그만큼만 쓴다. 한 시간 생선과 채소로 점심을 먹고 오후 1시부터 저녁 7시까지 달리고, 책 보고, 집안일을 하다 음악을 듣는다. 오후 9시에 잠자리에 든다. 의심스럽다. 인간이 이 정도로 자기 절제를 할 수 있다는 말인가?

《우리는 글쓰기를 너무 심각하게 생각하지》(문예출판사, 2021)를 쓴 정지우 작가는 매일 글을 쓴다고 했다. 글쓰기가 자기만의 고요한 공간으로 들어가는 일이란다. 부럽다. 그에게 글쓰기는 매일 밤 파고 들어가는 이불 같은 것인가 본데 내게는 불가마라 가끔 들어가도 20분 이상 견딜 수 없다.

리추얼이 좋다는 얘기를 하도 많이 들어, 나도 해봤다. 원래는 정신과 몸의 컨디션을 끌어올려 글을 쓰려고 했다. 일어나자마자 유튜브를 틀고 스트레칭한 뒤 기도한다. 그런데 리추얼이 원하지 않는 리추얼 새끼를 친다. 스트레칭이 하기 싫으니까 워밍업으로 귀여운 강아지 동영상을 본다. 내 개는 방치하고 남의 집 개를 침 질질 흘리며 보고 있다. 기도하기 싫으니까 그 전에 워밍업으로 SNS를 훑는다. 정신 차려보면 유튜브에서 〈애로부부〉 동영상을 보며 "세상에 별별 사람 다 있구나" 하고 있다. 아침 리추얼이 너무 길어져 다 하고 나면 오후가 된다.

오전 리추얼 뒤 너무 피곤해 자기 일쑤인 나를 수렁에서 건져 올리기로 결심한 친구가 단호하게 제안했다.

"하루에 딱 원고지 10장만 써봐. 딱 10장. 그건 할 수 있잖아."

못할 것 같았지만, 그렇게 답했다가는 이 대화가 길어질 것 같아 그러겠다고 했다. 역시 리추얼의 기초를 다지는 데는 남의 감시가 최고다. 친구 닦달에 매일은 아니지만 일주일에 2~3번은 원고지 10장을 썼다. 컴퓨터 켜기를 두려워하는 나는 매번 최면을 건다. '이건 초고야. 나중에 다 고칠 거야.' 죽이 되건 밥이 되건 쓰고 난 날은 확실히 기분이 다르다. 하루를 쓰레기통에 처박지 않았다는 안도감이 든다. 어디로 가야 할지 모를 흰 백지 위에 볼펜으로 콕 한 점을 찍은 것 같다. 출발할 지점이 생겼다. 내일 한 점을 더 찍으면 선을 그을 수 있다. 그러다 보면 내가 가는 길이 보일 거다. 마음이 불안할 때는 일단 글의 양을 채워보는 게 좋겠다. 배고플 때 맛을 따지나. 양을 채우다 보면 질이 채워질 수도 있겠지만, 양을 채우지 못하면 절대 질은 채울 수 없다.

자기가 의심스러울 때는 신뢰할 만한 증거를 눈앞에 들이밀어야 한다. 여기, 쌓인 글이 있다. 물리적 실체가 있는 '빼박' 증거다. 게다가 글쓰기는 근육 키우기처럼 정직한 데가 있다. 쓰면, 는다. 무조건이다. 돈 건다. 신의 축복을 받아 재능을 물고 태어난 사람들만큼 잘 쓸 수는 없더라도 어제의 나보다는 잘 쓸 수 있다.

변기가 고장나도 마감!

글쓰기 리추얼을 만들 수만 있다면 얼마나 뿌듯하겠나. 그러면 자신을 예뻐할 수 있을 거 같다. 그런데 잘 안 된다. 내 가장 큰 적은 잘 써야 한다는 부담감이다. 그래서 자꾸 미룬다. 미룬다고 잘 쓰게 되는 건 아니지만 적어도 그러는 동안에는 내 '못 씀'을 확인하지 않아도 된다. 문제는 미룰수록 부담감이 더 커진다는 거다. 똥처럼 시간이 지날수록 딱딱하게 굳어 글이 나오지 않는다. 글이 나올 때마다 똥구멍이 찢어지는 고통을 겪다 보면 화장실 가기가 점점 더 겁이 난다. 악순환이다.

신문사 문화부 시절에는 일주일에 신문 한 바닥 분량을 고정으로 써야 했다. 원고지로 25매 분량이다. 사회부는 무슨 일이 있건 그날 터진 사건은 그날 마감 시간 전까지 써야 하는데 거기 비하면 문화부는 여유가 있었다. 돌발 사건이 별로 일어나지 않는다. 마감 시간이 오전이다. 전날 밤새 쓸 시간이 있다는 뜻이다. 그런 여유는 저주이기도 하다. 마감 전날은 거의 매주 꼴딱 샜다. 퓰리처상을 탈 기사를 쓰느라 그랬다면 억울하지 않을 텐데 대체로 기사 쓰기 전 '의식'을 치르느라 날밤을 새웠다. 불안을 깔고 앉아 있다 도저히 더는 미룰 수 없는 시점부터 기사를 쓰는데 보통 새벽 5시쯤이다. 그날도 아무도 없는 신문사에서 해롱해롱한 상태로 기사를 쓰기 시작했다. 갑자기 뱃속이 뒤틀렸다. 설사가 터졌다. 변기가 고장이다. 화장실 물이 넘쳐버렸다. 새벽 5시 회사 화장실에서 나는 패닉에 빠졌다. 휴지를 뭉텅이로 둘둘 말아 바닥을 닦아내는데 청소 아주머니가 들어왔다. 아주머니는 이 꼴을 보더니 신세 한탄을 시작했다.

"내가 이 나이에 몇 푼을 벌겠다고 나와서…."

나는 머리를 조아렸다.

"죄송해요."

아주머니와 나는 그 새벽 한 팀이 돼 바닥을 닦아냈고 청소가 끝날 즈음에는 친해져서 아주머니가 퇴사하기 전까지 가끔 마주치면 인사하는 사이가 됐다. 역시 고난을 함께 겪으면 관계가 돈독해진다.

놀랍게도 새벽에 그 난리를 치르고도 나는 마감을 했다. '잘 쓰고 싶다'는 생각이 사라지고 '될 대로 되라지'라는 마음이 되는 데까지 그렇게 길고 긴 밤과 아주머니의 시름이 필요했다. 마감이 없었다면 '될 대로 돼라'의 순간은 영원처럼 멀어졌을 테고 나는 아무 기사도 못 썼을 거다.

'잘 쓰고 싶다'는 압박감 뒤에는 불안이 있다. 내 깜냥보다 더 잘 쓰는 사람으로 보이고 싶은 욕심이 있다. 못 쓰면 어떻게 될까? 무시당할 것만 같다. 내 자존은 훅 불면 날아간다. 그런데 글 하나 망친다고 인생 안 망가진다. (책임은 못 진다. 망가질 수도 있다.) 이런 불안을 잠재우는 데는 발등에 떨어진 불이 특효약이다. 발이 활활 타면 잘 쓰고 말고 그런 생각을 할 수가 없다. 궁지에 몰리면 이상한 일이 벌어진다. 머리가 아니라 손이 쓴다는 걸 절감한다.

육체노동이 아닌 노동이 있나? 글쓰기야말로 몸을 쓰는 일이다. 하얀 지면을 대면하고 일단 뭐라도 손을 놀리면 한 글자 한 글자, 써진다. 매일 운동으로 글 근육을 다지면 금상첨화겠지만 안 되면 벼락치기라도 할 수 있다. 마감을 지키는 수문장을 세우자. 지키지 못할 경우 강력한 형벌을 내려줄 사람이면 좋다. (독자들에게 나를 추천한다. 여러 종류의 형벌을 준비했다.) 같이 쓰는 것도 방법이다. 서로에게 위협이자 지지를 보낼 수 있다. 마감을 지켜야 돈을 벌 수 있다거나 마감을 지키지 못하면 돈을 빼앗긴다면, 설사 테러를 저지르면서도 결국 글 한 편을 완성할 수 있다.

기억력보다 기록을 믿기

천재들한테야 신이 이야기를 술술 불러줄지 모르지만, 보통 사람인 나한테 그런 일은 일어나지 않는다. 글을 쓰려면 재료를 모아야 한다. 반짝이는 주제를 찾았어도 살을 붙일 재료가 없으면 말짱 도루묵이다. 가장 가까이 있는 건 자기 경험이다. 글쓰기는 공평한 데가 있다. 산전수전 다 겪은 사람들이 잘 쓴다.

잭 런던의 소설집 《불을 지피다》(이한중 옮김, 2012) 중 동명의 단편은 알래스카 클론다이크 지방이 배경인데 주인공이 성냥불을 못 켜서 죽는다. 장갑을 벗으면 바로 손이 얼어버리는데 장갑을 낀 채로는 불을 붙일 수 없다. 얼음 아래로 물이 흐르는데 거기 발이 빠지면 동사한다. 이런 상상 초월 추위에 대한 묘사에는 작가의 경험이 녹아 있다. 잭 런던은 그곳에 금을 찾으러 갔다가 1년 만에 빈손으로 돌아왔다.

한승태 작가는 자기를 던져 넣는 글을 쓴다. 공장식 양계장, 양돈장, 개 농장에 취직해 1년 넘게 일하고 그 경험을 담은 《고기로 태어나서》(시대의창, 2018)를 썼다. 폭력의 현장을 본 대로 눌러 담았다. 키워봤자 사룻값이 더 드는 수평아리들은 제대로 죽이지도 않고 쓰레기 자루에 꾹꾹 눌러 담는다. 그 안에서 압사당하도록. 산란계 농장에서 전자레인지만 한 케이지에 닭이 네 마리씩 한 덩어리로 엉겨 알을 낳는다. 육계 농장이나 양돈장에선 '못난이'들을 걸러낸다. 빨리 살이 찌지 않는 닭이나 돼지는 다리를 잡아 바닥에 패대기쳐 죽인다. 그는 농장에 마련된 컨테이너에서 동료인 캄보디아, 중국, 베트남 외국인 노동자와 살며 월급 150만 원을 받았다. 병아리, 돼지, 개가 그저 물건으로 보일 때까지, 오로지 빨리 들어가 쉬고 싶다는 생각이 들 때까지 일했다.

이 책에는 공장식 축산을 멈추라든지, 채식을 하라는 말이 하나도 나오지 않는다. 읽다 보면 눈물이 철철 나면서 고기를 저절로 끊게 된다.(내 군침은 가깝고 남의 피는 멀어서 슬금슬금 다시 먹게 되기도 한다.) 노벨상을 준다 해도 나는 이렇게까지 나를 던져 넣지는 못하겠다. 그게 내 글의 한계라고 생각한다.

상황에 자신을 던져 넣을 정도의 용기는 없더라도 이미 내게 온 경험을 아낄 수는 있다. 한 번에 목돈 넣으면 좋겠지만 안 되면 하루 5천 원이라도 경험 통장에 저축해두면 나중에 쏠쏠하다.

지난해 가을, 동네 공원에 갈대가 피었다. 몽덕이 친구 키키 엄마랑 공원 한 바퀴를 돌았다.

"와, 저거 봐."

공원 옆 실개천을 가리키며 50대 키키 엄마가 아이처럼 소리친다.

"쥐야! 쥐가 헤엄을 치네. 처음 보네."

코스모스가 흐드러진 길을 걸으며 우리는 잠깐 웃었다. 대단한 경험이라고 할 수는 없지만 적어둔다. 수영하는 쥐, 개들 그리고 멀지도 가깝지도 않은 이웃과 함께한 그날 오후, 나는 평화가 가슴에 차오르는 걸 느꼈다. 언제 써먹을 수 있을지도 모르잖나.

오만 사소한 경험도 적어두려 하는 까닭은 그렇게 하지 못한 걸 땅을 치며 후회하기 때문이다. 2030 때는 놀러 가서 사진 찍는 사람들을 잘 이해하지 못했다. 머릿속에 저장하면 되지 않나? 왜 사진을 찍느라 시간을 낭비하지? 지금은 누가 머릿속을 리셋했는지 기억 뇌세포가 신생아다. 읽은 책을 또 읽는다. 읽은 걸 잊어버려서 읽을 때마다 새롭다. 그러니 경험이 찾아오면 기쁘게 선물로 받아 기록해둬야 한다. 자기 머리를 믿지 말고 종이와 연필을 믿어야 한다. 애인이 차주면 그것도 선물이다. (안 받았으면 좋은 선물이긴 하겠지만.) 구체적으로 적어두면 언젠가 다른 기억과 만나 글감이 돼줄지도 모른다. 그날 애인은 뭐라고 했나? 말투는 어땠나? 표정은? 무슨 옷을 입었나? 날씨는 어땠나? 그 공간의 냄새는? 의자의 감촉은? 시간이 지나면 기억은 뭉툭해져 '내가 그와 헤어졌다'로 납작해져버린다. 더 지나면 그 사람 자체를 잊어버릴 수도 있다. 글을 쓰는 이유 중 하나는 감정을 나누고 싶어서 아닌가? 감정은 감각에서 나오고, 디테일에 담긴다.

2009년, 산티아고 순례길을 떠나기 전 시사주간지 《한겨레21》 편집장이 여행 이야기를 연재하라고 했다. 기어코 본전을 뽑는구나. 쉬긴 다 글렀다. 그냥 여행과 글을 쓰기 위한 여행은 다르다. 수첩과 볼펜을 들고 만나는 사람마다 내가 묻고 싶은 것보다 좀 더 물어야 한다. 짜증난다. 누가 쓸 만한 얘기를 들려주지 않을까 긴장한다. 미국 여자 레이첼은 남자친구랑 헤어져 홧김에 비행기표를 질렀다가 떠나기 직전 남자친구와 화해했다. 그는 비행기 푯값 때문에 어쩔 수 없이 스페인 땅을 걷지만 마음은 미국에 가 있다. 길바닥에 퍼질러 앉아 헥헥거리고 있는 레이첼에게 묻는다.

"레이첼, 너 몇 살이야? 나 이거 써도 돼?"

피곤하다.

영국인 던컨은 레스토랑을 운영하다 순례길에 왔다. 30대를 레스토랑 기반 닦는다고 다 보냈는데 이제 자리 잡자 다 지겨워졌다. 나는 묻기 싫은데 또 묻는다.

"무슨 레스토랑이야? 왜 지겨워졌어? 이거 써도 돼?"

외국 사람인 던컨 말이야 내 번역대로 쓸 수밖에 없지만, 말하는 사람이 한국 사람일 때는 그의 문장을 가져오려고 한다. 그 낱말 선택 자체가 그를 보여주니까. '가방이 무겁다'가 아니라 몇 킬로그램인지, '발이 아프다'가 아니라 물집이 몇 개가 생겼는지 적는다. 그래야 나중에 그나마 재현할 수 있다. 못 쓴 글에 '발로 썼냐'는 댓글이 많이 달리는데 내 생각에 그건 칭찬이다. 잘 쓴 글은 발로 쓴다. 글쓰기는 육체노동이다. (가즈오 이시구로는 아니겠지만 내겐 그렇다.) 나는 글감이 없을 때 몸이 고생하면 마음이 놓인다. 고생한 만큼 인풋이 있었다는 얘기니까 아웃풋이 꽝은 아닐 테다.

자기 경험을 쓰다 감정 과잉과 자기 연민의 함정에 빠질 위험이 있다. 자기를 남처럼 관찰해 쓰면 이 함정을 조금 피해 갈 수 있다. '슬펐다'고만 쓰지 말고 내가 슬플 때 무슨 행동하는지 쓴다. 초조할 때 머리카락을 꼬나? 줄담배를 피우나? 애인이 헤어지자고 했을 때 나는 무엇이라고 답했나? 말하기 전에 물 한 잔을 먼저 마셨나? 욕을 했나? 어떤 욕? 이 행태보고서는 '슬프다'는 납작한 형용사에 생명을 불어넣어줄 싱싱한 재료일 뿐만 아니라 자기 연민으로 향하는 급경사에 놓인 과속방지턱이다.

　내 경험은 나로만 이뤄지지 않는 경우가 많다. 상대가 있다. 나와 갈등이라든지 감정을 주고받는 대상 말이다. 꼭 사람이 아니라도 좋다. 그런 상대방은 나보다 밋밋하게 그려지기 쉽다. 사회심리학에서는 몇 가지 개념을 들어 인간이 자신과 타인을 다른 틀로 바라보는 오류를 범한다고 설명한다.

　첫째는 근본귀인오류다. 다른 사람의 행동에 대해서는 외적 원인의 가능성을 무시하는 경향이 있다. 회사 동료가 지각하면 교통이 막혔는지, 식구 중 누가 아팠는지 생각하기 전에 '게으르고 무책임한 사람'이라는 평가로 건너뛰기 쉽다. 이런 오류가 나타나는 이유를 행위자-관찰자 편향으로 설명한다. 자기 행동에 영향을 준 외부 요인은 잘 알지만, 남의 사정이야 잘 모른다. 내가 운전하다 끼어들면 왜 그럴 수밖에 없는지 나는 안다. 약속 시간에 늦었다거나, 내 앞에 가던 트럭이 늑장을 부려 어쩔 수 없었다거나. 다른 사람이 그러면 바로 "저 XX"로 건너뛴다.

　이중관점 모형도 있다. 내 행동은 의도보다 목표가 달성됐는지를 중심으로 판단하는데 타인의 행동은 의도를 중시한다. 내가 끼어들 때는 성공했는지 안 했는지를 보지만 타인이 끼어들면 도덕성을 생각한다.

거울적 사고 개념에 따르면 인간은 자기는 도덕적이고 남은 악의를 지니거나 공격적이라고 판단하며, 자기 관점은 객관적이고 상대는 현실을 왜곡한다고 여기는 경향이 있다. 이런 오류에 빠지면 상대는 나를 괴롭히려고 작정한 가해자가 되고 나는 자기연민의 함정에 빠진다. 상대방의 관점에서 사태를 한 번 보지 않으면 글이 '아이고, 아이고' 평면적으로 흐를 수 있다. (그래서 내 글이 자꾸 '아이고, 아이고' 하나 보다. 타인의 시각에서 한번 보기는 일반적인 경우에 그렇다는 거다. 국가 폭력이나 범죄, 사고 피해자들은 가해자 사정까지 고려할 필요 없다.)

자기 경험만 가지고 쓰기에는 한계가 있다. 나중엔 에피소드를 카드빚처럼 돌려막게 된다. 남의 경험도 내 것처럼 아껴 들어두면 나중에 빼 쓸 수 있다. 《위대한 개츠비》를 쓴 스콧 피츠제럴드는 친구들을 초대해 그들의 대화에서 인상적인 부분을 메모했다. 〈색즉시공〉〈두사부일체〉 등 코미디 영화로 대박을 터트린 윤재균 감독을 인터뷰한 적이 있다. 누군가 인생 영화로 꼽기는 어려운 작품들이지만 웃기기는 웃겼다. 너무 엽기적인 장면도 많아 대체 이런 걸 어떻게 상상했는지 궁금했다. 윤 감독이 자기 휴대폰 메모장을 보여줬다.

"실제 있었던 일이에요. 제 주변에는 '하자' 있는 애들이 많거든요. 상상만으로는 웃길 수 없어요. 살아 있는 에피소드가 와닿죠."

　남의 말 허투루 듣지 않고 적어두면 캐시백 쌓이듯 글감 잔고가 늘어난다. 물론 무단으로 가져다 썼다간 글도 인간관계도 다 놓치는 수가 있다.

가까이, 짜증날 만큼 가까이

이문영 《한겨레》 기자의 《웅크린 말들》(후마니타스, 2017)의 부제는 '말해지지 않는 말들의 한(恨)국어사전'이다. 구로공단 노동자, 에어컨 수리기사, 알바생 등의 삶을 그렸는데 특이하게 각 챕터 앞에 그들이 쓰는 은어를 사전처럼 해설해놓았다. '쫄딱구덩이'는 광부들이 영세 탄광을 부르는 말, '노보리'는 막장 갱도다. 이 은어를 살려 주인공들의 삶을 보여준다. 깊은 한숨과 눈물이 가득하지만 '약자', '소외된 자'란 말은 나오지 않는다.

　폐광 뒤 강원랜드가 들어선 사북, 옛 광부들이 첫 주인공이다. 시작은 전직 광부 송양수 씨가 머리를 감는 장면이다. 그는 아파트 가로등 아래서 머리를 감는다. 왜 여기서 씻고 있나? 그 옆에는 양념이 말라붙은 그릇들을 담은 고무대야가 쌓여 있다.

그의 집인 옛 동원탄좌 직원아파트는 거의 폐가다. 전기도 수도도 끊겼다. 그는 이곳을 떠나지 못했다. 돈이 없다. 캄캄한 아파트 너머로 러브호텔, 레포츠 대여점 불빛들이 보인다. 이 장면을 읽으며 송양수의 처지가 정보뿐 아니라 살아 있는 이미지로 독자인 내 머릿속에 입력된다.

이어 송양수의 옛 동료들이 처한 상황이 나온다. 전이출은 10대 시절부터 광부로 일하다 탄광이 폐쇄된 뒤 물탱크 청소, 도로 공사장 등을 전전했다. 두 번 자살 기도하고 강원랜드 비정규직 노동자가 돼 쓰레기를 치운다. 전이출의 키는 158cm다. 작가는 왜 키를 물었을까? 160cm로 눈대중하지 않고 정확한 수치를 적었다. 그 뒤 문장을 보면 이해가 된다. 광부 시절 전이출은 "180cm 동발을 지고 1m 높이 갱도를 수백m 기며 일했다"고 했다. 왜소한 전이출이 견뎠던 노동 강도가 더 생생하게 전달된다.

나는 대체 이걸 어떻게 취재했을지 궁금했다. 이 글은 중노동의 결과물이다. 인터뷰를 한 시간만 해도 진이 빠지는데, 이 정도 디테일이 살아 있는 르포에는 얼마나 시간을 썼을지 계산이 안 된다. 옛 광부들의 삶을 그린다는 이유로 전이출 씨를 만났다고 치자. 기자가 "그런데 키가 몇 센티미터세요?"라고 묻는다면 보통 사람들은 뭐라고 대답할까? "아니 그런 쓸데없는 걸 왜 물어요? 강원랜드 들어온 다음 사북 상황 취재하는 거 아니에요?"라고 할 거다. 키까지 캐물으려면 얼마나 오래, 그리고 자주 인터뷰 주인공을 만나야 할까? 송양수 옆에 놓인 냄비에 라면 찌꺼기까지 쓰려면 얼마나 자세히 들여다봐야 할까? 책 사인을 받겠다는 핑계로 한국 사회의 시름을 등에 지고 다니는 사람처럼 보이는 그를 만나 물었다. 역시 한 번 달랑 만나고 쓴 글이 아니다. 오랜 관심의 결과물이다. 나는 이렇게 깊이 타인의 삶으로 들어가본 적이 없다. (이 글은 점점 반성문으로 흐르고 있다.)

취재는 누구나 할 수 있다. 너무 어렵게 생각할 필요 없다. 궁금한 거 묻는 게 취재니까. 그런데 어떤 사람의 삶을 입체적으로 그려내고 싶다면 노동을 각오해야 한다. 가까이, 아주 가까이 다가갈수록 '약자'라는 뭉툭한 그룹이 아니라 한 인간의 얼굴을 그려낼 수 있다. 몸이 고생할수록 글은 좋아진다.

다른 사람의 이야기를 취재해 글을 쓸 때 빠지기 쉬운 함정은 사람이 글감으로 보일 수 있다는 점이다. 글 욕심이 많으면 동티가 난다. 매일 기삿거리를 고민해야 할 때 내가 그랬다. 핵심을 내가 바로 파악할 수 있도록 상대가 두괄식으로 이야기하지 않으면 짜증이 올라왔다. 인터뷰가 잔인해진다. 고통을 말하고 있는 상대에게 더 눈물 쏙 빼는 에피소드를 뽑아내고 싶어진다. 한 할아버지의 얼굴은 벌써 20년이 지났는데 잊히지 않는다. 동그란 얼굴, 뭉툭한 손…. 버스 기사였는데 누명을 썼다고 했다. 검사는 강압적이었고 그는 억울한 벌금을 물었는데 모멸감을 떨칠 수 없다고 했다. 그는 변호사를 선임하는 대신 자기가 직접 A4 용지 200장 분량의 증거를 모았다. 그걸 본 순간 난 도망가고 싶었다. 속이 터질 것 같이 쌓인 게 많은 사람들이 늘 그렇듯이 그의 말은 두서가 없었다.

'기사가 안 될 거 같은데…' 짜증이 올라왔다.

그때 결국 기사를 쓰기는 썼지만 나는 그의 말을 경청했을까? 그가 느꼈을 인간으로서의 모멸감, 분노, 생계를 포기하다시피 하며 증거를 모으고 다녔던 시절의 고단함 따위는 듣는 둥 마는 둥 했다. 그는 내게 '기삿거리'였으니까. 말할 때 손놀림, 문장과 문장 사이의 뜸 들임, 말실수 따위에 진담이 숨어 있기도 하다. 그 진심의 잔가지를 다 쳐내고 듣는 건 듣는 게 아니다. 사람은 도구로 다뤄질 때 깊은 내상을 입는다. 자신을 기삿거리로 대한다는 걸 사람이면 누구나 기막히게 알아차린다. 그 할아버지도 그랬을 거다. 그렇게 글을 쓰면 나처럼 20년 뒤까지 후회한다.

아무한테나 키가 몇인지 물을 필요는 없다. 왜 키를 묻는지 쓰는 사람이 알고 있어야 한다. 이 디테일은 내 주제를 살릴 수 있을까? 주제가 있어야 어디서, 누구를, 어떻게 만나 무엇을 물어볼지, 어떤 자료를 찾아볼지 정할 수 있다. 주제가 명확하지 않고 오만 걸 물으면 재료는 100만 개인데 정작 내 요리를 하는

데 쓸 만한 건 하나도 없다. 주제를 드러내는 데 도움이 되지 않는 디테일은 글을 산만하게 만드는 군더더기다.

좋은 글에는 질문이 있다

2022년을 강타한 베스트셀러, 김호연의 소설 《불편한 편의점》(나무옆의자, 2021)을 하루 만에 다 읽었다. 사실 이렇게 밝고 따듯한 이야기는 성격이 더러운 내 취향은 아니지만 놓을 수 없었다. 주인공 독고가 누군지 궁금해서다. 이 말 더듬는 노숙자 독고는 비범한 데가 있다. 주운 지갑을 돌려줄 때도 상대가 본인인지 꼼꼼히 확인하고, 자기 일할 시간이 지났는데도 편의점에서 물건을 각 잡아 정리한다. 이 사람은 누굴까?

강력한 흡입력을 자랑하는 글에는 확실한 '질문'이 있다. 글은 그 질문에 대한 작가의 대답이거나 대답을 찾아가는 과정이다. 작가가 던지는 질문이 흥미를 끌면 어쩔 수 없이 낚인다. 마지막까지 달려도 답을 알 수 없어 다 읽고 성질날지라도 끝까지 끌려간다. 주제를 찾는 가장 확실한 방법은 질문하는 것이다.

내 친구는 자칭 '알중'이었다. (지금은 끊었다고 여기에 박아둔다.) 그는 알코올 중독 수기에는 관심이 없다. 자기가 궁극의 체험판인데 뭐 하려고 그걸 글로 다시 읽겠냐고 한다. 그런데 에세이스트 캐롤라인 냅이 자신의 알코올 중독을 극복하는 과정을 담은 책 《드링킹, 그 치명적 유혹》(고정아 옮김, 나무처럼, 2017)은 "마지막 페이지까지 숨넘어가듯 읽었다." 저자가 던진 이 질문 때문이다.

> "나는 왜 상류층의 완벽한 모범 가정에서 태어나서 알코올 중독자가 되었나."

캐롤라인 냅의 부모는 모두 부유하고 유서 깊은 가문 출신이다. 아버지는 하버드 의대를 나온 교수이자 유명한 정신분석가이고 어머니는 예술가다. 작가도 아이비리그를 우등으로 졸업하고 기자가 됐다. 어린 시절 작가는 부모님이 싸우는 걸 본 적이 없다. 부모에게 맞은 적도 없다. 이들의 저녁 풍경은 교과서 같다. 촛불을 켠 식탁에서 예술에 대해 이야기하며, 저녁을 먹은 뒤 아버지는 책을 읽고 어머니는 뜨개질한다. 여름마다 섬에 있는 별장으로 휴가를 떠난다. 캐롤라인 냅은 질문의 답을 찾아가는 과정에서 알코올 중독이 술에 대한 열망이 아니라 무언가를 직면하지 않으려고 필사적으로 도망치는 것임을 깨닫는다. 그는 '불행하다'와 '술 마시다' 사이 인과관계를 뒤집는다. 자신이 불행해서 술을 마시고 있는 게 아니라 술을 마셔서 불행해지고 있다는 통찰도 얻는다. 그리고 독자가 가장 궁금해할 이 완벽해 보이는 가족의 비밀이 밝혀진다. 이쯤 되면 알코올 중독과 상관없는 사람들도 읽고 싶어진다.

2022년 상반기 대표적인 베스트셀러 《물고기는 존재하지 않는다》(룰루 밀러 지음, 정지인 옮김, 곰출판, 2021)는 제목부터 이상한 책이다. 오늘 아침에도 고등어를 먹었는데 물고기가 존재하지 않는다니 무슨 말도 안 되는 소리인가? 과학책인지, 에세이인지, 물고기 분류학자 평전인지 헷갈린다. 이 책은 본질적인 질문을 던진다. 누구나 가지고 있는 불안이지만 차마 물을 엄두조차 내기 어려운 질문이다. '혼돈의 세계 속 언제 사라질지 모르는 인간의 삶은 의미가 있나?' 이 큰 질문 안에 작은 질문들이 놓여 독자를 끌고 간다. 작가는 여름휴가에서 한 여자와 키스한다. 7년 사귀고 가족을 꾸릴 거라 믿었던 남자친구는 이 사실을 알고 떠난다. 가장 사랑하는 사람을 일순간에 흩뜨릴 수 있는 혼돈 속에서 인간의 가치는 바스러진다. 과학 기자인 그는 물고기 분류학자 데이비드 스타 조던에게 끌린다. 작가가 이 분류학자에게 집착하게 된 건 이 한 장면 때문이다. 1903년 봄, 지진이 나 조던이 수십 년간 모은 물고기 표본들이 산산이 조각난다. 이름표가 흩어지자 물고기들은 다시 알 수 없는 존재가 된다. 당신이라면 생의 작업이 죄다 사라지는 혼돈 속에서 무엇을 했겠는가. 조던은 그 난장판 속에서 가차 없이 바늘을 집어 들어 기억하고 있는 물고기와 이름표를 꿰맨다. 대체 조던의 긍정과 행동력은 어디서 나오는 걸까? 룰루 밀러는 그의 삶을 추적하다가 큰 반전을 만난다. 조던은 인간을 진화 피라미드 꼭대기에 앉혀 인생의 부질없음을 해결하려 했고 필연적으로 그의 분류학은 우생학과 결합한다.

이 책이 던지는 큰 질문 중 하나는 '물고기는 존재하지 않는가?'다. 작가가 찾은 답은 제목 그대로다. 진화는 피라미드가 아니라 방사형으로 뻗어나갔다. 무한한 다양성으로 전지전능함을 보여주는 자연을 이해하는 데 인간의 인식이란 얼마나 편협한 도구인지. '물고기'라는 범주는 인간이 가진 그 한계가 만든 상상의 산물이라고 작가는 주장한다. 폐어, 소, 연어 중 누가 누구랑 닮았나. 폐어의 심장은 연어보다 소를 닮았다. 폐어와 소는 둘 다 후개구가 있고 연어는 없다. 룰루 밀러는 물고기라는 범주가 사라진 세계, 위계가 사라진 세계에 혼돈이 아니라 경이가 펼쳐진다는 걸 보여준다. 삶의 의미는 멀리 있지 않다는 걸, 바로 당신 곁에 있는 사람이란 답을 작가는 꼬리 무는 질문 끝에 들려준다.

통찰은 질문에서 나온다. 글쓰기 수업 때 20대 직장인 문미소 씨는 '물고기는 왜'라는 제목의 글을 썼다. 직장 후배가 보여준 사진에서 시작한다. 후배는 주말에 주꾸미 낚시를 다녀왔다며 자랑했다. 문미소 씨의 질문은 이렇다. 왜 소, 돼지, 양은 죽어서야 고기라고 불리는데 물'고기'는 살아서도 고기인가?

"돼지는 평생을 갇혀 살다가 죽기 직전에야 우리를 빠져나와서는 기절을 당한 채 거꾸로 매달려 피를 쏟고 죽는다. 우리는 이 과정을 잘 모르고, 알게 되더라도 굳이 기억하려 하지 않는다. 모르는 편이 먹기에 편하니까. 물고기가 죽어서 식탁에 오르는 과정은, 동네 횟집에만 가도 볼 수 있다. 그곳에서는 어항 속의 '횟감'을 뜰채로 건져서, 칼등으로 내리쳐 기절시키고, 단칼에 대가리를 잘라내고 뼈와 살을 분리하는 등의 작업이 여과 없이 펼쳐진다. 그뿐인가? 제법 규모 있는 횟집에서는 참치 해체쇼를 하기도 한다."

미소 씨의 글을 읽기 전에 나는 '물고기'란 낱말이 이상하다는 생각은 한 번도 못 해봤다. 이 글은 종차별뿐만 아니라 '완벽한 타자'를 향한 폭력은 놀이가 된다는 걸 보여준다. 비단 물고기만이 아니라 인간을 향한 폭력 전에도 항상 혐오가 있다. 미소 씨 글을 읽고 나면 물고기가 '고기'로 보이지 않는다. 통찰이 있는 글은 한 번도 생각해본 적 없는 것, 생각해보고 싶지 않은 것에 대해 질문하도록 부추긴다.

30대 최주혜 씨의 질문은 이랬다.

"날씨가 너무 더워 운전하면서 땀이 났다. 차 안은 금방 더운 공기로 가득 찼다. 땀이 나서 몸이 쭈뼛쭈뼛해졌다. 시간이 지나자 따끔따끔 아프기까지 했다. 그래도 난 창문을 내리지 않았고, 에어컨도 켜지 않았다. 나는 왜 그랬을까. 집에 거의 도착해서야 창문을 연다. 나는 왜 참는가?"

주혜 씨는 자기 삶의 면면을 분석해 매주 질문에 대한 답을 성실하게 썼다. 나는 그의 글을 읽을 때마다 울컥했다. 그의 글은 한국의 지방 출신 30대가 겪는 지난한 서울살이에 대한 사회적 보고서이자 자기 내면에 대한 분석 보고서였다.

당신의 질문은 무엇인가?

싫어하는 것들이 주는 통찰

미워하는 걸 들여다보다 나를 보게 되기도 한다. 자기 안에 결코 인정하고 싶지 않은 부분을 타인에게 투사하기도 하기 때문이다. 고백하자면, 20대 때 나는 청담동 며느리를 꿈꾸는 여자들을 혐오했다. 가부장제를 이용해 자기 욕심 채운다고 잘 알지도 못하면서 내 마음대로 상상했다. 그런데 내 미움의 이유가 그게 다는 아닌 거 같다. 혼자 청학동에서 정진 중인 학생 복장을 하고 다니며 불안했다. 사랑받지 못할까 봐. 내 마음속에는 누군가에게 내 삶을 의탁하고 싶은 욕망이 있다. 그러니까 백마 탄 왕자 같은 환상 속 동물 말이다.(40대가 된 지금은 청담동 며느리들도 저마다 사연이 많을 거라 생각한다.) 꺼내놓기 창피한 그 욕망은 어디서 왔을까? 왜 내가 원하지 않는데도 내 안에 있을까? 내 욕망이 내 것이 아니라면 나는 나라고 할 수 있을까? 내 것이라 말할 수 있는 욕망은 뭘까?

양심적 병역거부자인 현민은 《감옥의 몽상》(돌베개, 2018) 에 1년 6개월 동안 징역을 살았던 경험을 썼다. 그중 〈악에 대하여〉는 그의 감방 동기 '광천'에 대한 관찰기다. 광천이 발야구를 목숨 걸고 하는 모습을 묘사하는 걸로 시작한다. 그는 '왕' 자 복근이 있고 성기는 이물질을 넣어 울퉁불퉁하게 만들었다. 20대 초반에 수감돼 10년 넘게 감옥에 사는 광천은 끊임없이 자기계발을 한다고 자랑하는 인물이다. 의기양양해 보이지만 그 안에는 무력감이 있다. 광천의 가치를 확인시켜줘야 할 책임은 현민 같은 광천의 '동생'들이 진다. 광천은 자신의 불안에서 도피하려고 동생들을 폭력으로 지배한다. 그러면서 동시에 사랑받고 싶다. 동생들은 학대당하면서 사랑해야 하는 모순된 역할을 감당해야 한다.

"광천이 악하다면 그에겐 타인이 절실하기 때문이다."

나는 이 책을 다른 사람에게 빌려주지 못한다. 내가 줄 친 부분이 다 내 이야기 같다. 광천이 눈이 획 돌아 "무시하냐?" "왜 벽을 쌓냐?"며 현민 작가를 몰아붙이는 장면을 읽을 때 과거 내 모습이 여럿 겹쳤다. 타인에게 자신의 존재가치를 끊임없이 확인받아야 하는 '약'함이 '악'함이 되고, 나도 얼마든지 순식간에 악해질 수 있다는 경고이기도 했다. (경고가 아니라 환기이겠구나. 이미 악한 일을 수두룩하게 했으니.) 이 글이 만약 광천이라는 악인을 묘사하는 데서 끝났다면 쉽게 잊혔을 거 같다. '별별 놈이 다 있구나' 그러고 말이다. 현민은 한 인물과 그 인물을 향한 자신의 마음을 깊이 분석해 보편적 특성을 끄집어낸다. 미워하는 사람을 사랑하는 사람만큼 관찰해야 얻을 수 있는 통찰이다. 작가가 광천이 그렇게 행동하는 이유를 고민하는 까닭은 그 '나쁜 놈'도 인간임을, 같은 인간으로서 느끼는 연민을 놓지 않기 때문이다.

한겨레문화센터에서 에세이 수업을 하다 해괴망측한 상사 이야기들을 여럿 읽었다. 그중 하나는 어느 여자 상사에 대한 글이었다. 자기 관리에 철저한 그 상사는 오만 사소한 것들을 잡아 쪼아댄다. 그냥 괴롭히기만 하면 좋을 텐데 밥 먹자, 술 먹자 그러며 동료애도 요구한다. 그 글의 결론은 이랬다. 아무래도 애도 남편도 없다 보니 회사 생활에 집착한다는 거다. 애도 남편도 없는 나는 이 글을 읽고 조금 위축됐다. 사람들이 나를 이렇게 볼 수도 있겠구나 싶어서다. 그런데 그 여자 상사가 그렇게 행동하는 게 혼자 살기 때문일까? 같은 처지인 나는 회사 생활에 너무 집착을 안 해서 문제였다. (아마도 그 여자 상사가 일을 안 했다면 애도 없고 남편도 없어서 책임감이 없다고 했을지 모른다.) 그 글은 너무 쉽게 결론에 도착했다. 답이라고 생각한 것이 널리 퍼진 편견일 때도 많다. 답을 너무 쉽게 찾았다면 의심해봐야 한다. 이게 내가 찾은 답일까? 아니면 나도 모르게 내게 스민 답일까?

앞서 언급한 《나는 불안과 함께 살아간다》에는 개 공포증이 심한 주세페 파드로 로스케라는 인물이 등장한다. 그는 이탈리아 피사에 있는 존경받는 유대인 공동체 지도자였는데 개가 무서워서 집 밖에 잘 나오지도 못했다. 1943년 나치가 마을에 들이닥쳤지만, 그는 집을 떠나지 않고 이웃을 보호했다. 사람들은 그의 용기를 칭송했는데 실상은 이랬다.

> "개에 대한 두려움이 폭탄과 나치에 대한 두려움보다 크기 때문에 그는 용감한 사람으로 비칠 수 있었다."

대체 이 사람은 왜 개를 이토록 무서워했을까? 정신분석가 실바노 아리에티는 로스케가 인간 내면의 악을 동물에 투사했기에 이런 동물 공포증을 갖게 됐다고 봤다. 인간의 악에도 불구하고 인간에 대한 사랑을 유지하려는 로스케만의 방식이었다는 거다.

    로스케만큼은 아니지만 '내 이야기 하나쯤' 수업에 참여했던 50대 방과후교사 성미경 씨도 개를 싫어했다고 한다. 어느 날 그가 '또미'라는 반려견에 대해 썼다. 그런데 제목이 '나를 혐오할 당신에게'다. 왜 이런 제목을 붙였을까? 막내아들이 졸라 어쩔 수 없이 아기 똥개 또미를 떠맡게 됐는데, 몇 년간 장갑을 끼지 않고는 목욕시키지 못했다. "이유도 없이 살아 움직이는 동물이 그냥 징그러웠다"고 한다. 그 또미가 이제 열세 살 할머니다. 1년 전 죽을 고비를 넘겼다. 그는 "오늘 밤을 넘길 수 없을지 모른다"는 수의사의 말에 밤새 또미 곁을 지키며 두 시간마다 설탕물을 먹인다.

> "어두운 미등 아래로 우리 둘의 시간만 느리게 흘러갔다. 살아달라고, 견디어달라고 부탁하며 어딘가 있을지 모르는 하느님, 부처님에게 기도했다."

    이미 여기서 나는 질질 울고 있었다. 그런데 성미경 씨는 더 나아갔다. 자기에게 물었다. '나는 애초에 왜 개를 싫어하게 됐을까?'

> "내가 어슴푸레 기억하는 개들의 삶은 잔혹했다. 어린 시절, 또미처럼 다리가 짧은 땅강아지를 키운 적이 있다. 뭉실뭉실

한 털 뭉치가 귀여워서 자주 안아주곤 했다. 그러던 어느 날 집 앞에 있는 논에서 농약을 먹었는지 하얀 거품을 물은 채 눈을 뜨고 움직이지 않았다. 그리고 복날의 풍경. 한강의《채식주의자》에 나오는 장면처럼 개를 동네 마당 큰 나무에 묶어놓고 노란 생똥을 쌀 때까지 방망이로 때리는 것이다. 개고기를 먹는 사람들을 혐오하면서 나는 개도 혐오했다. 아니 무서워했다. 그들이 당했던 시간을 기억해서일까. 내 두려움이 어째서 사람이 아닌 개를 혐오하는 것으로 둔갑했는지. 더없이 부끄러워지는 순간이다."

이 마지막 문단을 읽고 나는 뒤통수를 한 대 얻어맞은 거 같았다. 듣고 보니 정말 그랬다. 이상한 일이었다. 동물, 유색인종, 가난한 사람들…. 이 세상에서 '혐오'의 대상이 되는 존재들은 거의 모두 피해자들이다. 폭력을 행사한 사람들이 아니라 당한 쪽, 착취당하는 쪽이다. 폭력이 나쁜 거라면 왜 가해자가 아니라 피해자가 혐오의 대상이 됐을까? 죄책감은 무거운 감정이다. 누구나 그 감정에서 도망치고 싶다. 가장 쉬운 방법은 두들겨 맞은 사람을 그럴 만한 자로 여기는 것이다. 성미경 씨의 마지막 문단은 어떤 유명학자의 인용도 없이 혐오의 뿌리를 정조준했다. 아마 나도 누군가를 그렇게 이용하고 있을 테고, 누군가는 나를 그렇게 이용하고 있겠지. 우리는 모두 취약한 존재이니 말이다. 이 글의 제목이 왜 '나를 혐오할 당신에게'인지 그제야 알았다.

수업에 참여했던 김정은 씨는 "사무실은 내가 몰랐던 원수를 만나게 해주는 공간이다"라는 명문장을 남겼다. 그러니 회사는 신이 선물한 주제의 보고다. (신은 시련의 형태로 선물을 주는 악취미가 있다.) 다만, 꼴 보기 싫은 사람들에게서 읽을 만한 주제를 건져내려면 그 꼴이 짠해질 때까지 관찰해야 한다.

미움받을 용기가 필요할 때

예전에는 신문 칼럼을 읽으며 욕을 많이 했다.

'하나 마나 한 소리를 이렇게 길게 하나.'

요즘에는 찔려서 그런 소리 못 한다. 신문에 얼굴 사진 박고 글을 쓰려고 하면 속이 더부룩해진다. 뭔가 거창한 이야기, 기막힌 통찰이 있는 글을 써야 할 것 같은 부담감에 짓눌린다. 그런 지식이나 통찰이 나한테 없다는 걸 잘 아니까 더 괴롭다. 밑천은 없으면서 일확천금을 벌려고 드니 불안하다. 한 달에 한 번 원고지 9매를 쓰는데 아홉 쌍둥이 임신한 몸처럼 마음이 무겁다. 잘 써야지 하면 망한다. 그걸 아니까 더 괴롭다. 잘 써야지 하면 안 되는데 잘 써야지 하고 있으니 필시 망하겠구나 하는 생각이 들며 불안해져서 더 못 쓴다. 잠이 안 올까 봐 무서워서 잠이 더 안 오는 불면증 같다. 고민하는 시간까지 치면 신문에 칼럼을 쓰는 일은 시급 500원짜리 노동이다. 그것도 세금 떼기 전 액수가 그렇다.

자존감이 통장만큼 빈약한 나는 글을 쓸 때 눈치를 본다. 악플에 상처받는다. 악플을 피하는 가장 안전한 방법은 도덕 교과서에 실릴 만한 안전한 이야기를 쓰는 거다. 착하게 살자는데 누가 돌을 던지겠나. 그런데 그런 글이 왜 필요한가? 착하게 살자는 걸 모르는 사람도 있나? 몰라서 안 착하게 사나? 통념은 엉덩이 모양으로 꺼진 소파처럼 편안하다. 당연한 얘기보다 나는 차라리 나쁜 생각이 더 좋다. 욕하고 씹는 맛이라도 있지 않나. 그 맛이 일품이다. 거창하지만 당연한 글은 필자가 부풀어 오른 자신의 자아상에 바치는 경배다. 당신은 글자 읽기 좋은가? 나는 싫다. 눈도 피곤하고 글자가 아름답게 생기지도 않았다. 그래도 읽는 까닭은 그 노동으로 얻는 게 있기 때문이다. 안전지대에 안착한 글에서는 읽기 노동의 대가를 얻을 수 없다.

나는 이런 결론을 맺는 글이 싫다. '시기상조'다. 차별금지법 제정하자는 주장에 단골로 붙는다. 장애등급 폐지같이 돈이 들어가고 혜택은 약자가 보는 정책의 발목 잡는 데 쓰이는 논리다. 탈핵에도, 공장식 축산 폐지에도 단골로 나오는 결론이다. 다른 나라는 다 할 수 있어도 우리한테는 '시기상조'란다. 자기비하인 걸까? 우리 역량을 이토록 무시하는 글에 화를 내야 하지 않을까? 이런 글에는 대체로 그 시기가 언제 오는지가 없다. 어떤 조건을 만족해야 그 시기가 온 걸로 쳐주는지도 안 나온다. 마음먹어도 하기 어려운데 나중에 언젠가는 하기로 마음먹겠다는 건 하지 않겠다는 말이다. 하지 않겠다고 하고 싶은데 논리가 달리거나 욕먹을 거 같을 때 은근슬쩍 '시기상조'를 가져온다고 나는 생각한다. '대중 때문에 어쩔 수 없이'라고 은근히 책임을 떠넘기는 태도다. '시기상조'만큼 지루한 결론은 '소통하라'다. 정치 문제를 다룰 때 많이 나온다. 누가 그걸 모르나? 죽자고 싸우는 부부한테 '소통하세요' 하면 소통이 되나? '세계 평화를 이룩하자' 하면 이뤄지나? 거창하고 우아해 보이지만 텅 빈 소리다.

욕할 수만은 없는 게 나도 텅 빌지언정 고상해 보이고 싶은 유혹을 많이 느낀다. (그런 텅텅 빈 글 많이 썼고 앞으로도 쓸 거 같다.) 욕먹을 게 뻔한 글들이 있다. 아이가 있는 한 친구가 동네 뒷산에 개를 데리고 오지 않았으면 좋겠다고 한다. 목줄을 안 한 개들 탓에 불안하단다. 이해한다. 그런데 목줄 한 개도 산에 안 왔으면 좋겠단다. 산이 인간 건가? 인간만큼 개에게도 산을 누릴 권리가 있지 않나? 산의 입장에서 보면, 산을 망치는 건 개가 아니라 인간이니 안 오면 더 좋을 존재는 인간 아닌가? 강자의 불편을 해결하겠다는 명분으로 약자의 권리는 너무 간단하게 침해된다. 비장애인들 출퇴근 불편하니 장애인들 지하철에서 이

동권 투쟁하지 마라, 개농장주들 돈 벌어야 하니 개들은 뜬장에 살다 고기로 죽어라, 남성들 성욕 때문에 괴로우니 여자들은 몸을 감춰라…. 이런 주제로 칼럼을 써볼까 했다. 근거를 더 채워 넣어야 할 것 같아 두 달이 지나도록 쓰지 못하고 있다. 욕먹을 게 뻔한데 먹기 싫다. 개가 인간보다 중하냐 그 정도면 양반일 거다.

사실 이런 악플은 크게 겁나지 않는다. '이 페미년아' 같은 악플에는 상처 안 받는다. 그렇게 쓴 사람이 내 글을 어떻게 생각하는지 궁금하지 않다. 그냥 반사하면 된다. 문제는 내가 비판받고 싶지 않은 사람들한테 욕먹는 것이다.

2019년, 숙명여대에 한 트렌스젠더가 합격한 뒤 난리가 났다. 이른바 '래디컬 페미니스트'들은 트렌스젠더 합격생이 자신들의 "안전을 위협한다"면서 반대하고 나섰다. 처음에는 학교가 트렌스젠더 입학에 반대하는 줄 알았는데 아니었다. 충격받았다. 내가 보기에 안전을 위협받는 건 그 트렌스젠더 학생이었다. 그 논리대로라면 남자 교수들 수업은 무서워서 어떻게 들을까? 성폭력이야 남자 교수들이 훨씬 더 많이 저지르지 않나? 소수자 집단에 속했다는 이유로 범죄자 취급하는 시선이 차별 아닌가? 차별에 고통받아온 사람들이 자기가 당한 방식 그대로 자신보다 더 약자인 존재를 몰아냈다. 당신을 괴롭힌 가해자와 당신은 무슨 차이가 있나?

화가 나면서도 고민이 됐다. 그렇지 않아도 넓은 스펙트럼의 페미니스트가 한 묶음으로 범죄자나 성격 이상자 취급당하는 한국 아닌가. 트렌스젠더 입학에 반대하는 숙대 학생들을 비판하면 이를 페미니즘 전체에 대한 비판으로 확대 해석해 페미니즘이라면 학을 떼는 이들이 박수 치는 게 아닐까? 이 학생들이 나를 싫어하면 어떻게 하나? 욕 안 먹게 두루뭉술하게 썼다. 그러나저러나 욕먹었다.

고래급 배포를 지닌 김소희 칼럼니스트도 이 주제로 글을 썼는데 나랑 달랐다. 거침이 없었다.

> "이건 급진이 아니라 미숙함이다. 구체적인 서사도 맥락도 없는 혐오에 가득 찬 주장을 '페미니즘의 한 갈래' '여성주의 빅텐트'로 과연 용인해야 하나.
> 누군가의 존재를 부정하고 반대하고, 기회를 박탈하는 게 차별이다."
>
> 〈페미니즘은 출발부터 '트랜스' 젠더였다〉,《한겨레21》1301호.

이 글을 보며 나는 내가 비겁하다고 느꼈다. 글을 왜 쓰나? 자기가 하고 싶은 말을 하려고 쓴다. 그러니 글을 쓰면 자존감이 올라가야 정상 아닌가? 무탈하지만 자신이 비겁하게 느껴지는 것만큼 글쓰기의 나쁜 결과물도 있을까?

자기 생각을 말하는 건 왜 중요한가? 사람이 가장 상처받는 순간은 물건으로 대해졌을 때라고 생각한다. 물건에는 개별성이 없다. 쓰다 낡으면 다른 걸로 바꾸면 그만이다. 모든 것에 순위를 정하는 한국에서는 인간이 물건처럼 다뤄진다. 가격표가 붙는다. 값은 원래 물건에만 붙이는 것이니 그 값이 아무리 비싸도 인간에게 붙으면 모멸이다. 노동력을 상실한 뒤 '나'는 나일 수 있을까? 잘 쓰건 못 쓰건 내 글은 내가 고유한 존재라는 걸 증명한다. 못 써도 그런 방식으로 못 쓸 수 있는 사람은 나밖에 없다. 누구도 뺏을 수 없고 대체 불가능하다. 우리에겐 '개별자'로서 자신을 확인하고 싶은 소망이 있지 않을까. 그래서 쓰는 괴로움을 기꺼이 감수하는 게 아닐까.

편견을 향한 도전

현실을 잊고 싶을 때 엘레나 페란테의 소설을 읽는다. 세계적인 베스트셀러 작가인데 엘레나는 필명이고 진짜 이름은 알려지지 않았다. 여자인지 남자인지를 놓고 의견이 분분하다. 그의 정체는 마약상인 거 같다. 그의 소설이 마약이니 말이다. '나폴리 4부작'인 《나의 눈부신 친구》《새로운 이름의 이야기》《떠나간 자와 머무른 자》《잃어버린 아이 이야기》(김지우 옮김, 한길사, 2017)는 벽돌책이다. 총 2,400쪽 분량을 읽느라 반려견도 방치했다. 책장을 넘기기가 아쉽다. 대작의 주인공 릴라와 레누를 떠나보내기 싫어서.

소설은 이탈리아 나폴리 가난한 동네 출신인 두 여자의 우정이 큰 줄기다. 둘은 1960년대부터 60여 년간 전후 혼란, 68혁

명, 파시즘과 공산주의의 대립까지 바람 잘 날 없는 시대를 막장 드라마 뺨치는 난리를 겪으며 살아낸다. 구두 수선공의 딸 릴라는 '못된 애'다. 둘의 우정은 릴라가 레누의 애착 인형을 지하 창고로 던져버린 날 싹 텄다. 둘은 인형을 찾아 벌레가 우글거리는 지하 창고로 내려가고, 온 동네 사람들이 두려워하는 고리대금업자를 찾아간다.

릴라 같은 친구를 사귀면 괴롭다. 세 살 때 혼자 글을 떼고 큰 눈을 가늘게 뜨는 것만으로 수학 문제를 척척 푸는 천재, 다른 사람에게 잘 보이려는 노력을 단 하나도 하지 않는데 타인을 조정할 수 있는 매력 자본가다. 이 친구 때문에 시청 수위 딸 레누는 최선을 다해도 만년 2등이다.

휘몰아치는 사건들보다 인물의 내면세계가 더 역동적이다. 가난 탓에 공부를 중단하고 열여섯 살에 결혼할 수밖에 없었던 릴라에게 레누는 대리 자아다. 레누에게 릴라는 앞으로 나아가게 하는 동력이자 모든 것에 의미를 부여하는 존재다. 릴라가 없는 레누는 레누가 아니고, 레누가 없는 릴라는 릴라가 아니다. 레누는 자기가 릴라를 흉내내고 있다는 걸 안다. 자기 글을 평가할 때도 기준은 '릴라라면 어떻게 쓸까'이다. 레누는 릴라를 경외하지만 때로 '릴라가 죽어버렸으면 좋겠다'고도 생각한다. 레누만 중학교에 가자, 릴라는 홀로 라틴어와 그리스어를 공부해 누가 진짜 1등인지 보여준다. 그런 릴라에게 레누는 자신만 상급 학교에 가게 됐다고 상기시킨다.

릴라는 레누가 어린 시절부터 사랑한 남자와 연인이 돼 야반도주한다. 우정은 질투와 증오, 연민, 동경으로 시시각각 색깔이 바뀐다. 사랑 안에는 증오가 있다. 어머니의 사랑도 그렇다. 레누의 어머니는 공부하겠다는 딸을 모진 말로 번번이 막아서는데 죽기 직전 자신이 진정으로 사랑한 단 한 명의 자식이 레누였다고 말한다.

이 폭풍우 치는 마음을 직설적으로 표현한 문장들을 읽으면 해방감이 느껴진다. 100% 완벽한 사랑에 대한 이상은 사랑의 숨통을 죈다. 엘레나 페란테는 감정도 사람도 카테고리로 나누지 않는다. 작가가 된 레누에게 한 독자가 그의 작품이 외설스러운 소설이라고 비판하자 레누는 이렇게 답했다.

"인간의 경험은 어떤 것이라도 솔직하게 다룰 필요가 있다. 특히 차마 이야기할 수 없고 우리 자신에게조차 말할 수 없는 일일수록 그렇다."

사랑은 이래야만 한다는 생각은 사랑을 밀쳐낸다. 친구가 승승장구하고 있다는 문자 메시지를 보내면 축하한다고 호들갑 떨며 답하면서도 마음 한쪽이 쓰린데 그러면 내가 더 싫어진다. '기쁜 일에 함께 기뻐해주는 사람이 친구다.' 이런 잠언을 읽을 때마다 죄책감이 올라오고 외롭다. 우정이나 사랑은 나처럼 '못된 인간'에게는 과분한 것들인가. 반대로 친구나 애인이 내가 기대했던 사랑의 행태를 보여주지 못할 때는 분노가 솟구친다. '너는 나를 좋아하는 게 아니야.' 그런데 어쩌면 사랑은 벌레가 우글거릴지라도 지하 창고로 함께 들어가는 것일지 모른다. 나도 그렇고 그도 그렇고 향기뿐만 아니라 악취도 나는 존재다. 영혼이 매끈한 사람이 없듯이 사랑은 원래 삐뚤빼뚤하고 울퉁불퉁하다. 그 비포장도로를 덜컹거리며 함께 가겠다는 의지가 사랑의 본질일지도 모르겠다. 그 길을 엉덩방아 찧어가며 가다 보면 있는 그대로의 자신과 친구에게 닿을 수 있을지도. '나폴리 4부작'을 읽다 보면, 너를 가끔 꼴 보기 싫어하는 내 우정과 가끔 날 꼴 보기 싫어하는 네 우정에 너그러워진다.

욕망은 변신의 귀재다. 모호하다. 자신에게도 실체를 잘 안 보여준다. 영화 〈아메리칸 뷰티〉에 동성애 혐오를 입에 달고 살며 아들을 죽도록 패는 해병대 출신 아버지가 나온다. 그는 서재에 가부장의 권위를 드러내는 장총을 전시해뒀다. 여기서부터 스포일러, 사실 그 아버지는 동성에게 끌린다. 그는 타인은 물론 자신에게 자기 욕망을 숨기려고 정반대 방향으로 전력 질주한다. 내 안에도 여러 반대 욕망이 뒤섞여 있다. 혼자 있고 싶지만, 같이 있고 싶다. 여자로 보이기 싫으면서, 여자로 보이고 싶다. 인정받는 모범생을 꿈꾸면서 최고로 반사회적인 행동을 해보고 싶다. 마초를 혐오하는데 또 백마 탄 왕자가 나타나 구원해주기를 바라기도 한다. 모순된 욕망 사이에서 아슬아슬 균형을 잡으며 살지만 억눌렀던 욕망이 폭발해 단숨에 나를 압도해버리기도 한다.

'내 이야기 하나쯤' 수업 때 민정은 씨는 바디프로필 찍은 이야기를 썼다. 아침은 달걀 두 개와 현미밥 100g이다. 매일 근력 운동과 유산소 운동을 2시간씩 한다. 100일을 그렇게 살았다. "뚱뚱하면 시집 못 간다" "기집애가 저렇게 살이 쪄서…" 중학생 때부터 부모님한테 이런 잔소리를 듣고 살았다. '얼평'하는 사람들은 널렸다. 이게 폭력인 걸 정은 씨는 알지만, 그 목소리는 자기 것이 되었다. 거울을 볼 때마다 정은 씨는 자기 몸이 배만 뽈록한 이티 같다고 생각한다. 곰을 사람으로 만드는 기적이라도 일으킬 정도의 통제력으로 식단 관리와 운동을 한 그는 2시간 남짓 바디프로필 사진을 찍고 난 뒤 길을 잃은 것 같은 감정에 내몰린다. 이제 뭘 해야 하지? 요요가 오면 사람들이 비웃을 텐데. 시키는 대로 살았던 삶 전체에 대한 회의도 든다.

나는 정은 씨 글의 결말을 이렇게 예상했다. 필자는 얼토당토않은 사회적 압력을 거부하고 타인의 시선에 맞서 자기 몸을 사랑하는 방법을 찾아 나선다. 이런 깔끔한 깨달음이 이어질 줄 알았는데 결말이 다르다. 정은 씨는 식단 관리로 돌아간다. 원하는 '핫바디'를 얻기 위해 끊임없이, 더욱 노~오력할 거라는 다짐으로 끝난다. 나는 이 결말이 도덕 교과서 같은 내 예상보다 더 재밌다. 그렇게 쉽게 벗어날 속박이라면 속박이겠나. 모순이 없다면 사람이겠나.

깨달음은 멋있다. 그런데 진부하기도 하다. 필자가 다시 식단 조절에 들어갈 때 나는 그와 함께 울고 싶었다. 그가 솔직하게 자기 모습을 보여줬다고 느꼈다. (1년 뒤 연락이 닿은 그는 "더는 얼평, 몸평에 상처받지 않는다"며 "운동의 효과와 재미, 내 몸을 건강하게 사랑하는 법을 찾았다"고 말했다.) 영웅은 디즈니에서 계속 만들어줄 거다. 신문에도 좌절을 딛고 일어선 사람들은 넘친다. '정치적으로 올바른' 이야기들도 많다. 그런 이야기들은 모두 의미 있지만, 그렇지 않은 이야기도 의미 있다. 못 말리게 울퉁불퉁한 존재들이라서 우리는 연결될 수 있을지 모르니까. 솔직한 태도는 상대방을 믿는다는 걸 보여준다. 믿지 않은 상대에게는 약점을 보여주려 하지 않으니까. 나를 신뢰하겠다는 사람에게는 마음이 열린다. 공감하는 순간은 우리가 외롭지 않을 수 있는 찰나다. 병원비 걱정 탓에 호스피스 병동 입원을 거부하는 아버지, 가장 친한 친구의 절교 선언, 자녀의 병…. '내 이야기 하나쯤' 수업 때 이런 글들을 읽으며 같은 인간으로 함께 울었는데 그런 훌쩍임은 포옹 같다.

솔직한 글에는 해방의 힘이 있다. 전복이기도 하다. 조울증, 우울증, 조현병…. 최근 자신이 앓고 있는 병에 대해 쓴 책들이 쏟아져나오는데 이런 글들은 존재 자체가 편견을 향한 도전이다. 자살 사별자들의 애도 모임을 다룬《여섯 밤의 애도》(고선규 지음, 한겨레출판, 2021)에서 조현병을 앓던 오빠를 잃은 한 여자는 그간 겪어야 했던 침묵의 고통을 말한다. 조현병 환자의 범죄율은 그 병이 없는 사람들보다 낮은데도 조현병 환자가 범죄에 연루되면 언론은 병을 강조했다. 부모님은 아들의 병을 비밀에 부쳤다. 친척들에게도 알리지 않았다. 낙인은 오빠뿐만 아니라 유전자를 공유한 가족 전체에게 찍히기 일쑤이기 때문이다. 오빠의 병보다 비밀이 여자의 목을 졸랐다. 가장 친한 친구에게도 말하지 못하는 비밀을 가지려면 외로움에 익숙해지는 수밖에 없었다. 외로움은 노력한다고 익숙해지지 않는다. 털어놓는 일은 누군가에게는 숨구멍이며 다른 사람에게도 숨구멍을 틔워주는 용기다. 당신은 힘들 때 어떤 위로를 듣고 싶은가? 나는 '혼자가 아니다'라는 말을 듣고 싶다. 이런 책들은 존재 자체로 그 말을 건넨다.

고통은 개별적이다. 당한 사람이 아니면 알기 어렵다. 당사자가 아니면 자기도 모르는 새 가해자가 될 수도 있다. 한번은 "일 때문에 스트레스 받아 암 걸릴 거 같다"고 나도 모르게 말했다. 입에 붙은 말버릇이었다. 앞에 암 수술을 받은 친구가 앉아 있었다. 친구는 못 들은 척 다른 이야기를 했다. 세 시간 웃고 떠들었다. 헤어질 때 사진도 같이 찍었다. 내내 속이 불편했다. 집에 돌아와 "내가 잘못한 게 있다"고 문자를 보냈다. 친구가 "엥?"이라고 장난스럽게 답했다. 그 순간 그냥 넘어가도 될까 생각했다. 그 '말실수'에 대해 말했다. 5분 뒤 답장이 왔다.

"사정 뻔히 알면서 어떻게 그렇게 말하나 했어. 암 환자들이 제일 싫어하는 말이 그거야."

나는 이 말이 왜 암을 치료하고 있는 이들에게 상처가 될 수 있는지 친구의 얘기를 듣고 알았다. 이 일상적인 농담은 질병의 원인을 개인에게 돌리는 태도를 보여준다. 앓고 있는 당신이 뭔가를 '잘못'했다는 은근한 책망은 나는 '잘못'하지 않으면 안전할 거라 믿고 싶은 욕망에 뿌리를 두고 있다. 이런 말은 아픈 사람과 아직 아프지 않은 자신 사이에 치는 방어막이다.

솔직하기는 쉽지 않다. 자기가 자기를 속이고 있다는 걸 모를 때도 많다. 겸손은 변장한 오만일 때도 있다. 성취에 대한 글뿐 아니라 슬픔에 대한 글도 자기과시일 수 있다. 어떤 글은 자기 연민이 가득하다. 독자가 울 준비도 안 됐는데 필자가 자기 슬픔에 취해 곡소리를 낸다. 슬픔은 스포트라이트 같은 구실을 하고 자신은 그 고통을 모두 넘어온 주인공이 된다. 술자리에서 고통 배틀이 벌어지는 이유다. 이런 슬픔을 자산처럼 꼭 쥐고 타인의 고통을 판단해도 되는 허가증으로 여길 때도 있다. 자기 눈에 평탄한 인생을 살아온 사람을 보며 그런다. '곱게 자란 네가 인생에 대해 뭘 아니.' 이런 태도로 기술한 슬픔은 자기에게 보내는 박수다. 나쁘다는 건 아니지만 공감을 불러일으키기는 어렵다. 솔직하려면 자기 감정에 거리를 두고 실체를 파악해볼 필요가 있다. 읽는 사람은 솔직함 감별 능력 초정밀 센서를 탑재하고 있다.

솔직하기로 작정하면 꽉 막혔던 글이 뚫리기도 한다. '내 이야기 하나쯤' 수업 때 필명 '주드' 씨는 <글쓰기에 천만 원 쓰고 깨달은 점>이란 글을 썼다. 제목이 확 당긴다. 이 글을 읽으면 천만 원짜리 깨달음을 공짜로 얻는 거 아닌가. 주드 씨도 노트북 앞에만 앉으면 머리를 쥐어뜯는 스타일이다. 글을 잘 쓰고 싶어서 6년 동안 여러 수업을 들었다. 지지부진했다. 글쓰기가 늘었다는 걸 실감한 시점은 5년이 지난 뒤였다. 그는 원래 뭐든지 잘 참는 성격이란다. 감정을 느끼는 역치가 높다. 기뻐도 슬퍼도 고만고만하고 표현을 잘 하지 않았다. 입사하니 고통의 연속이었다. 그도 참을 수 없을 정도였다.

> "회사에 대한 마음을 글로 적어내려가니 내 이야기를 찾을 수 있었다. 내가 느꼈던 감정을 진지하고 솔직하게 바라보고 그 감정을 다른 사람들에게 설득하려 노력했다. 이 경험이 내

게 주관을 만들어주었다. 가장 싫어하는 회사가 글쓰기의 물고를 트여줬으니 고마워해야 할까. 어쨌든 글쓰기에 천만 원을 투자하며 얻은 교훈은 나 자신을 제대로 알아야 글을 쓸 수 있다는 점이다."

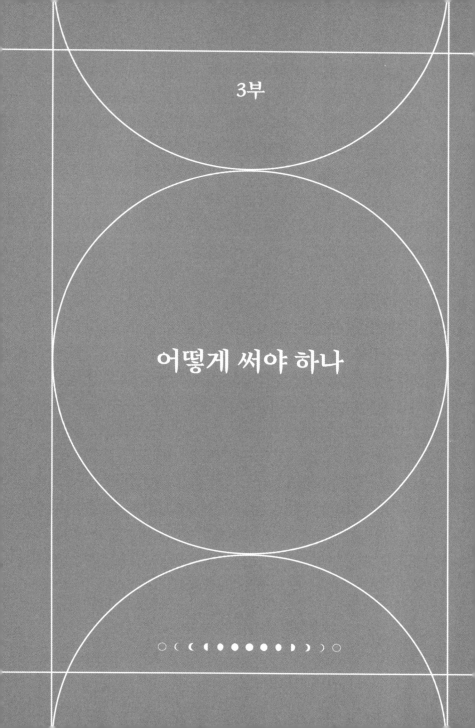

3부

어떻게 써야 하나

글 하나에 주장 하나
: 설득하는 글

글을 읽는 데는 시간과 노력이 든다. 나는 웬만하면 글자 보기가 싫다. 개 몽덕이 얼굴이 보고 싶다. 당신은 왜 글을 읽나? 나는 다섯 가지를 얻으려고 읽는다.

첫 번째는 생각의 깊이, 통찰이다. 이런 글을 읽으면 2차원이던 세상이 3차원으로 보인다. 내가 좀 더 나은 인간이 될 수 있을 것 같다. 두 번째는 정보다. 《한겨레》에는 '유레카', 《조선일보》에는 '분수대'란 짧은 칼럼 코너가 있다. 시의성에 맞춰 자질구레한 상식을 알려준다. 장수 칼럼들이다. 재밌으니까. 세 번째는 공감이다. 나만 외롭고 아프지 않다는 걸 아는 것만으로도 위안이 된다. 연결되고 싶은 욕망은 본능이다. 네 번째는 웃고 싶어서다. 마지막으로는 예상치 못한 사건이 이어져 읽는 동안에 나도 개도 잊게 되는 이야기다. 일평생 자신이랑 붙어 다니기 얼마나 지겨운가. 이렇게 이야기에 빠져 있는 동안만은 잠시 자신이랑 별거할 수 있다. 이 다섯 가지 중에 하나라도 얻을 수 없다면 나는 읽기 싫다.

자기 힐링을 위한 글이야 어떻게 써도 좋다. 그런데 자기 생각이나 느낌을 상대에게 전달하려고 쓰고 싶다면, 고생길에 들어섰다. 타인은 지옥이란 말이 괜히 있는 게 아니다. 소통은 절친하고도 잘 안 된다. 내가 사랑이라 쓰면 읽는 사람은 다 다른 걸 떠올린다. 게다가 이 게임은 불공정하다. 읽는 사람은 당신을 이해해야 할 의무가 하나도 없다. 물론 독자가 기를 쓰고 이해하려고 드는 글도 있는데 그런 도전을 하게 하는 것도 쓰는 사람의 몫이다.

그러니 내 생각을 상대에게 전달하려면 전략을 짜야 한다. 전체 구조, 문장을 그 목표에 걸맞게 다듬는 게 필요하다. 첫 단계는 무엇보다 내 '생각' 그러니까 '주제'가 무엇이냐를 명확하게 아는 것이다. 주제가 모호하고 빈약하면 아무리 정교한 전략을 짜도 도루묵이다.

그렇고 그런 주제야 정하기 쉽다. 정치인들은 소통하고, 사람들은 착하게 살고, 개들은 밤에 짖지 말자는 주장이야 누가 못 할까. 누구나 할 수 있는 주장은 할 필요가 없다는 게 문제다.

이런 주제를 살펴보자. '경제가 어려우니 정부는 민생을 세심히 살펴야 한다.' 이 말에 반대할 사람은 없다. 그러나 여기에는 글 쓴 사람의 관점이 없다. 관점은 '어떻게'와 '왜'에서 나온다. 민생을 살리는 방법에 대해서는 생각이 제각각이다. 보수 쪽에서는 기업의 부담을 줄여주면 경제가 활성화되고 민생도 좋아질 거라고 주장한다. 진보 쪽에서는 가진 사람들에게 세금을 더 거둬 취약층 복지를 늘려야 한다고 할 거다. 두 쪽 다 '민생'을 살피는 중이다. '어떻게'에서 갈리는 거다. 이때부터는 반대자가 생긴다. 다시 말해, 이 갈림길부터는 할 만한 주장이다.

　　이런 주제는 어떤가? '입시 위주의 교육을 고치려면 성공을 향한 기회가 더 다양해져야 한다.' 기회나 성공이 무엇인지 모호하다. 이 글의 전개는 이렇다. 한국에서는 명문대를 나와 정규직으로 대기업에 다녀야 성공으로 쳐준다는 거다. '인식'을 문제 삼고 있다. 이렇게 원인을 잡으면 해법은 인식 개선밖에 없다. 하나 마나 한 이야기다. 그렇게 쉽게 개선될 인식이었으면 애초에 인식이 아니다. 이 '인식'은 어디서 비롯됐나. 한국은 비정규직과 정규직 임금 격차가 크고 한 번 비정규직이면 정규직으로 전환하기가 어렵다. 직업별 임금 격차도 크다. 이런 구조가 '닥치고 명문대' 인식을 낳는 건 아닐까? 이렇게 원인을 잡으면 해법은 '고용 형태별·직업별 임금 격차를 줄여나가야 한다'가 된다. '성공의 기회 다변화'보다는 구체적인 해법이다. 내가 짚은 원인이 틀려도 된다. 애초에 틀리고 맞고는 없다. 내 주장이 일리 있다는 근거를 쓸어 모으면 된다. 핵심은 자기가 생각하는 입시 위주 교육의 '원인'이 뭐냐는 것이다. 거기에 필자의 관점이 담긴다.

어떤 주제가 쓸 만한지 판단할 때 도움이 되는 방법 하나는 반대할 사람이 있겠나 생각해보는 거다. 반대할 사람이 없으면 '아멘'할 이야기지 쓸 만한 주장이 아닐 확률이 높다. 이럴 때는 주장의 폭을 좁히는 게 효과적이다. '사람 차별하지 말자'는 데 반대할 사람 없다. 졸리다. 그보다는 '차별금지법 제정하자'가 더 관심을 끌 만한 주장이다. 이 주장에는 반대할 사람은 때로 있다.

앞서 소개한, 방과후교사 성미경 씨의 노견 또미를 돌보는 이야기의 마지막 문단은 혐오가 일어나는 핵심을 짚었다. 거기까지 글을 끌고 간 동력은 '나는 왜 애초에 개를 그토록 싫어했는가'라는 질문이다. '어떻게'와 '왜'라는 질문을 밀어붙이다 보면 더 깊이 있는 주제에 닿을 수 있다. 그 과정은 짜증 나고 불안하다. 자기 안에 반대자를 세워 딴죽을 걸어야 한다. '기회구조 다변화'를 주장하려는 자신에게 '기회구조가 뭐야?' '다변화는 어떻게 해?' '그게 말이 돼?'라고 묻는 재수 없는 놈이 필요하다. 그 질문에 답하려면 생각만으로는 부족하다. 자기 경험을 끌어

모으고 다른 사람 이야기도 듣고 자료를 찾아야 한다. ('네 글을 보자'고 하지 말아 달라. 나도 반성한다.)

자기주장은 어디까지가 자기주장일까? 통념은 안전하다. 오래전부터 내려온 생각이라면 그 세월이 이 생각의 정당성을 강화하는 근거처럼 쓰인다. 그냥 오래된 생각인데 맞는 말처럼 느껴진다. 진부한 주제는 설득하기가 쉽다. 진부하지 않은 주제, 통념에 틈을 내는 주제는 잘 생각나지 않을 뿐만 아니라 논증하기가 쉽지 않다. 새로운 길이니까.

나는 여성학자 정희진의 글을 절반도 이해하지 못하지만 좋아한다. 어렵다. 그래도 읽는다. 그의 글은 한 번도 생각해보지 못한 지점을 건드린다. (내가 이해한 글은 그랬다.) 그의 글쓰기 특강을 들은 적이 있는데 주제를 정할 때 그는 '통념 지우기'를 한단다. 저출산이 주제라면 그와 관련해 이미 나온 주장 등을 나열한 뒤 이것들은 모조리 버리는 방식이다. 아무나 하기 어렵다. 통념을 빼면 머릿속에 남아 있는 주장이 거의 없을 수도 있다. 통념이 아닌 자기주장을 하려면 뭐가 통념인지 알아야 하는데 그것도 모를 때가 많다.

자기도 모르는 사이 자기 입장을 정해버릴 수도 있다. 세상을 어떻게 느끼느냐가 판단의 밑바닥에 깔려 있다. 내게 세상은 위험한가 안전한가? 내게 사람은 선한가 아닌가? 세상의 여러 주장들은 결국 이 두 가지 '느낌'으로 수렴되는 게 아닐까? 이런

'느낌'에는 어린 시절의 기억, 기질까지 영향을 미쳤을 테다. 세상을 위험하게 느끼는 사람들은 난민 유입에 반대할 가능성이 크다. 그렇지 않아도 위험한 세상에 다양성은 통제가 어려워진다는 걸 의미하고, 잘 알지 못하는 집단은 인간이 가장 피하고 싶어 하는 감정인 불안을 자극하니까. 일단 느낌이 들면 거기 맞는 증거들만 눈에 띄기 마련이다. 아무도 자신을 사랑하지 않는다고 믿는 사람은 모멸의 경험을 부각해 저장한다.

내 주장은 무엇인가? 나는 왜 이 주장을 하나? 근거가 있나? 얼렁뚱땅 넘어가지 말고 따져봐야 하는데 그러려면 싫어도 반대 주장까지 모두 읽어야 한다. 생각이 '대충' 정리된 것만으로는 상대를 설득하는 글을 쓸 수 없다. 대충 정리된 주제로 시작하면 글이 갈지자를 그린다. (내가 많이 그렇게 걸어 봤다.) 글 하나의 주제는 하나다. 두 개가 아니라 딱 하나다. (강조하려고 두 번 쓴다.) 자기 생각을 한두 문장으로 요약해본다. 요약이 안 된다면, 아직 설득하는 글을 쓸 준비가 안 됐다. 이 한 줄이 내가 건물을 세울 땅이다. 이 한 줄에서 어느 부분을 논증해야 하는지가 나온다. 단단하게 다져두지 않으면 건물은 세우나 마나 엉망진창이다. (서 있으면 다행이고. 나도 여러 채 무너뜨렸다.)

자기가 쓴 주제를 모르는 사람도 있나? 있다. 억지로 주장해야 할 때가 있다. 언론사에 입사하려고 논술 연습을 하는 취준생들은 관심 없는 주제에 대해서도 써야 한다. 억대 연봉을 받는 고위 관료들도 풀지 못하는 문제를 놓고 주장해야 한다. 탈원전, 기본소득, 공정, 북핵 문제…. 그 답을 알면 취준생 하겠나. 장관하지. 회사에서도 그렇다. 아무 생각 없는데 마케팅 기획안을 내야 한다. 어떻게 하면 잘 팔릴지 알면 내가 사원 하겠나. 모르는데 모른다고 할 수 없을 때 탈세계화 등 추상명사가 대거 등장한다. 이렇게 자기가 잘 모르는 개념으로 시작한 글들 대부분은 자기 골대를 향해 골을 몰고 간다.

'교육 불평등을 해소하려면?' 언론사 취업 준비를 하는 취준생들의 논술 수업을 하다 보면 이런 식으로 논리가 흐르는 글들을 자주 만난다. '교육은 인간이 자기 역량을 충분히 개발할 수 있도록 돕는 게 목적이다'로 시작한다. 맞는 말이다. 한국 교육은 출세를 위한 도구가 돼버렸다고 비판한다. 끄덕여진다. 부유한 아이들은 사교육을 받아 특목고에 들어가고, 그만큼 명문대에 입학할 가능성이 커진다. 교육이 부의 대물림을 위한 매개체가 된다고 지적한다. 그다음부터가 문제다. 이 기울어진 운동장을 교정하려면 일반고도 특목고처럼 경쟁력을 가지도록 개선해야 한다고 주장이 나아간다. 뭔가 이상하다. 서론에서 입시 위주 교육을 비판하지 않았나? 필자의 주장은 모든 학교의 입시 교육 강화인가? 전제와 결론이 따로 논다.

원인과 해법이 따로 놀기도 한다. 대기업 사주 가족의 갑질을 비판하면서 그 원인으로 사주 일가에 의사결정권이 집중된 문제 등을 짚다가 결론에서 인권 교육을 제시한다. 어디로 튈지 몰라 한순간도 방심할 수 없는 글이다. 자기도 모르는 사이, 안전하고 많이 들어본 결론에 살포시 안착한다.

---

tip.

주장하는 글을 쓰기 전 자기주장을 딱 한두 문장으로 명확하게 요약해보세요. 글 하나에 주제는 딱 하나입니다.

왜 이 이야기를 하고 싶은가

친구들은 나를 '소머즈 눈깔'이라고 불렀다. 모양이 소머즈는 아니다. (40대 이하 젊은이들은 소머즈를 모를 수도 있겠다. 소머즈는 옛 텔레비전 시리즈 주인공으로 초능력이 있는 미녀다.) 양쪽 시력이 1.5였다. 대학 때 엠티에서 동기들은 다 렌즈를 빼 씻는데 나만 그냥 이불 속으로 기어 들어가다보면 뭔가 혼자 비위생적인 것 같았다. 똑똑하게 보이고 싶어 가짜 안경을 끼고 다닌 적도 있다.

"노트북이랑 책 보실 때 초점이 달라져요. 다초점 렌즈가 어지러우시면 안경을 두 개 맞추시면 어떨까요?"

안경점에서는 기어코 안경 하나를 나한테 더 팔 생각인가 보다. 드디어 왔다. 노안. 신문을 아저씨처럼 멀찍이 들고 본다. 충격받았다. 이제 빼도 박도 못 하는 중년이다. 아무것도 유혹당

어떻게 써야 하나

하지 않아서 '불혹'이라는데 아무도 유혹하지 않는 '불혹'이 됐다.

이 '돋보기 맞추기'를 쓴다고 해보자. 소재와 주제는 다르다. 주제는 추상적일 때가 많다. 그 주제를 구체적인 것으로 은유한 게 소재다. 이 글의 소재는 돋보기인데 여기서 내가 보여주고 싶은 주제는 '공식적 중장년 증거 물품'을 획득한 마음, 더이상 젊지 않다는 상실감일 거다. 늙어감을 받아들이자니 슬프고, 내치자니 괴로운 이 마음은 한국에서 늙음이 가지는 의미와 연결돼 있다. 개인적이고도 사회적인 주제인 셈이다.

친구가 밥상을 차려준 이야기를 쓴다면 소재는 밥상이고 주제는 우정이다. 모든 이야기는 은유다. 은유의 재미는 그 속뜻을 알아맞히는 것이다. 퀴즈를 푼다고 생각해보자. 답을 다 알려주면 재미없다. 독자가 적극적으로 생각할 여지가 없는 게임은 심심하다. 에세이에서 추상적인 주제를 그대로 쓰면 글이 그런 졸린 게임이 된다. 통장에 남은 푼돈으로 월급날까지 열흘을 버티는 심정으로 추상을 써야 한다. 최대한 아끼고 아껴서 말이다.

구체적으로 쓰라고 했으니 돋보기 맞추는 과정을 깨알같이 서술한다고 해보자. 우리 동네 안경점에 갔더니 독일 다초점 렌즈값은 얼마더라, 한국산은 얼마더라, 그 다초점의 원리는 이렇더라, 다른 안경점에 갔더니 거기서는 얼마였는데 주인이 이런저런 검사를 더 했다, 이렇게 말이다. 안경 맞추려는 사람에게 정보는 줄 수 있을지 모르겠지만 그게 아니라면 다 읽고 아마 이런 느낌이 들 거다.

'그래서, 어쩌라고.'

미국 여행에서 이런저런 데 가고 재밌었다고 시간 순서대로 썼다고 해보자. 필자를 아는 가족들이나 친구들은 관심을 가질 만한 이야기일 수 있다. '부럽다'고 댓글 달아줄 거다. 하지만 아쉽게도 불특정 다수는 한 톨도 관심 없다. 나한테는 어마어마한 사건일지라도 그 사건 자체로는 생판 남에게 별 의미가 없다. 그 사건에서 건져 올린 통찰, 공감할 만한 정서라면 다르다. 관심 있다.

연필 심지처럼 이야기의 중심에는 주제가 있어야 한다. 이런 주제는 어떻게 찾을까? 나는 애초에 왜 이 이야기를 쓰려고 했는지 질문해 보면 안다. 여러 가지 사건 중에 이 이야기가 내 마음속에 박혀 있는 까닭 말이다. 이 이야기는 무엇에 대한 것인가. 나는 왜 이 글을 쓰나. 사람들은 왜 이 글을 읽어야 하나. 이를 장황하게 설명해야 한다면 아직 남 보여주기에는 덜 여물었다. 단, 연필 심지는 중심이지 보이는 표면이 아니다. 심지는 몸통에 둘러쌓여 있어야 한다. 깎는 재미는 독자 몫이다.

---

tip.

추상적인 주제를 구체적인 소재로 은유해보세요.

근거 없이는 아무도 설득할 수 없다

신문을 읽다 한 칼럼을 보고 생각했다.

'너무하네.'

한 서울대 명예교수가 쓴 글이었다. 과거를 잊고 미래로 나아가자고 주장한다. 원래 과거는 때린 사람은 잘 잊고 맞은 사람은 못 잊지만 그렇다 치자. 2020년 1월, 이재용 삼성전자 부회장이 국정농단 등으로 한창 재판받고 있던 때다. 글은 1970~1980년대 필자가 유학하던 시절 서러웠던 기억으로 시작한다. 그 뒤 기업들이 승승장구하며 한국의 위상이 높아졌고 자기도 외국에서 더는 한국인이라는 이유로 무시당하지 않게 됐단다. 특히 삼성 덕이 컸다고 한다. 한국을 세상에 알린 기업들이 고마웠단다. 이해한다. 나도 외국에서 삼성 로고 보면 우쭐한다. 그런데 글이 갑자기 '그래서 법리상으로 어찌 됐든 이번에는 이재용 삼성전자 부회장이 긴 송사에서 해방되기를 바란다'고 뜬다. 여기 법치국가 아니었나? 고마우면 무죄 판결해줘야 하나? '삼성이 흔들리면 우리 먹거리가 걱정이라는 게 자명하다'며 얼렁뚱땅 넘어가면 안 된다. 이재용 부회장이 없으면 삼성이 흔들릴 거라는 근거가 있어야 하지 않나?

그는 정경유착은 안 되지만 "납득할 수 있는 선"에서 이번 사건을 정리하라고 주장한다. 자기 "느낌"에 이번 사건은 정경유착 관행과는 다른 것 같단다.

그 납득할 만한 선은 누가 정할까? 필자가 그렇게 '느낀다'는 게 기준인가? '이재용 부회장을 풀어주자'고 주장해서 내가 화가 난 건 아니다. 싸울 때도 상도가 있다. "나쁜 새끼야"라고 했다면 근거를 들어줘야 한다. "너는 나쁜 새끼야." "왜?" "나쁜 새끼인지도 모르니까 나쁜 새끼지." 이런 식이면 어쩌라는 건가. 먼저 전제에 동의받는다. "약속을 지키지 않는 사람은 나쁜 사람이지?" 그 뒤 근거를 댄다. "그런데 너는 무려 100번 약속을 안 지켰어. 첫 번째는 이때고 두 번째는…" 그리고 결론이다. "그러니 너는 나쁜 새끼야." 싸움도 설득이다. 설득에는 예의가 있어야 한다. 근거가 예의다.

발품을 팔아야 근거를 찾을 수 있다. 자료를 뒤져야 한다. 피곤한 일이다. 그렇게 찾은 근거가 내 주장을 뒷받침하는지도 검증해야 한다. 차별금지법 반대를 주장하는 한 취준생은 '2006년도 일반평등법을 제정한 독일에서 외국인 혐오 범죄가 되레 늘었다'는 근거를 들었다. 그런 통계를 찾아 넣어줘서 고맙다. 적어도 '나만 믿고 따라와' 같은 허경영 식 글쓰기는 아니다. 다만 주장을 뒷받침하기에 아직 충분하지 않다. 이 문장이 더 설득력을 얻으려면 2차 발품을 팔아야 한다. 이런 법을 제정하지 않은 다른 유럽 국가들의 외국인 혐오 범죄 증가율이 독일보다 더 높았다면 이 문장은 되레 차별금지법 찬성의 근거가 된다. '다수결'도 위험하다. 오류 지뢰를 밟을 수 있다. 극악 범죄가 일어난 뒤 사형제 찬성하냐고 물어보면 '다수'가 찬성할 거다. 제주도에 예멘 난민들이 왔을 때 여론조사를 보면 다수는 그들을 받아들여서는 안 된다는 쪽 손을 들었다. 다수가 찬성하니 옳다는 식의 논리를 따르면 다수의 지지를 받아 권력을 잡은 독일 나치 정권도 옳다.

윤석열 정부의 여성가족부 폐지에 대한 생각을 논제로 낸 적이 있다. 폐지를 주장한 한 취준생은 여가부의 여성할당제가 역차별이라는 근거를 들었다. 그런데 한국 채용 시장에는 여성할당제가 없다. 공무원 시험에만 양성평등 채용목표제가 있는데 그 제도의 혜택은 남성들이 더 봤다. 그가 든 두 번째 폐지 근거는 여가부가 제 역할을 하지 못한다는 거다. 실세들의 성추행에는 목소리를 못 냈다고 지적했다. 맞는 말이다. 그런데 이게 폐지의 근거가 될 수 있을까? 여가부의 역할을 바로 세우고 강화해야 할 근거가 아니고? 합평 때 여러 반론을 들은 이 필자는 흔들렸다. 주장을 뒷받침할 근거를 찾지 못하겠다고 했다. 근거가 없다면 주장을 바꿔야 하지 않을까? 주장은 자신이 세상을 바라보는 관점에 뿌리내리고 있어 바꾸기가 쉽지 않다.

세상에 100% 맞는 쪽이 있다면 편할 거다. '나쁜 쪽'은 두들겨 패고 '좋은 쪽'은 칭찬하면 되니까. 그러나 그런 일은 거의 없다. 상황을 단순화하면 주장은 선명해지겠지만, 그런 주장은 아무것도 바꾸지 못한다. 선동할 수는 있을 거다. 선동이야 원래 같은 편끼리 주거니 받거니 하며 자기 확신을 키워가는 거니까. 주장은 반대편을 설득하려고 한다. 내 말 다 했다고 끝나는 게 아니다. 상대가 그 말에 싫어도 고개를 끄덕여야 성공이다. 자기주장에 맞는 근거들뿐 아니라 상대편의 근거들을 살펴봐야 한다. 주장하기 전에 자기 안에 반론자를 세워보면 도움이 된다. 그 반론에 다시 재반론하려고 안간힘을 쓰다 보면 논리가 튼튼해진다.

다만 내 안의 '딴죽이'는 입장을 정하고 논리를 다질 때까지만 키운다. 어느 순간 글을 쓰기로 작정했다면 그 글 안에서는 주장이 오락가락하면 안 된다. 딴죽이는 할 일을 다 했으면 자야 한다. 가장 슬픈 독자 반응은 '무슨 소리야?'다. 상대편의 주장을 넣되 재반박해야 한다. 반대편 주장에 대한 필자의 생각까지 나오면 주장의 결이 풍성해진다. 글에 긴장이 생기고 필자가 오래 고민한 게 느껴지니 결론을 더 신뢰하게 된다. 이럴 수도 있고 저럴 수도 있고, 이 사람 말도 맞고 저 사람 말도 맞는다면 쓸 필요가 없다. 그런 태도는 성숙해 보일지 모르지만 맥 빠진다. 시시비비를 가려달라고 어렵사리 황희 정승 앞까지 간 사람이 "둘 다 맞는다"는 말을 들으며 얼마나 황당했겠나. 세상사를 유연하게 받아들이는 모습일 수도 있겠으나, 이런 태도는 성숙을 가장한 비겁함일 때도 많다.

내가 쓴 글을 읽어보니 '~해야 한다'는 문장이 여럿이다. 망했다. 나는 누가 '~해야 한다'고 하면 하기 싫다. 그 말이 맞으면 더 하기 싫다. 강요로 느껴지면 메시지는 사라진다. 글의 태도만 남는다. 아무리 맞는 말이라도 강요로 느껴지면 그 글에 따르는 게 복종 같다. 돈도 안 주는데 누가 복종하고 싶나. '네가 뭔데 나한테 이래라저래라야'라는 느낌이 들면 무슨 말을 해도 소용없다. 설득력 있는 주장은 '~해야 한다'고 하지 않는다. 근거들을 읽다 보면 저절로 '아, 이래야겠구나' 싶어진다. '~해야 한다'를 써야만 한다면, 비상금 쓰듯 아끼고 아꼈다 써야 한다. (또 '해야 한다'로 끝내고 말았다.)

나를 위한 글에도 근거가 필요할까? 물론이다. 근거가 없으면 아무도 설득할 수 없다. 자기 자신도 그렇다. 글을 쓰는 큰 동력 가운데 하나는 이해받고 싶은 마음 아닐까? 감각이나 인식이나 선택적으로 받아들이니 자기가 믿고 있는 걸 보기 마련이다. 그 신념에 반하는 근거들은 잘 눈에 들어오지도 않는다. 그러니 설득은 '노오오력'해도 잘 안 된다. 하지만 이해받고 이해하려는 노오오력 없이는 어떤 관계도 이어갈 수 없다. 글쓰기는 그 과정이다. 자료를 뒤지고 취재해 근거를 모으는 노오오력이 없는 글은 권위로 독자를 굴복시킬 수는 있을지 모르지만, 이해시킬 수는 없다.

---

tip.

'해야 한다'는 말이 많이 나오면 하기 싫어집니다. 설득은 근거로.

첫 문장과 마지막 문장

문장이 줄줄이 나와 알아서 정렬하는 비법을 알 수 있다면, 빚을 내 굿이라도 할 용의가 있다. 나는 구조를 먼저 잡지 않으면 글을 시작하지 못한다. 기사나 칼럼 같은 주제가 분명하고 분량을 맞춰야 하는 짧은 글을 주로 써서 일 수 있다.

원고지 20매가 넘어가지 않는 글을 쓸 때는 작은 집으로 이사 가는 상황을 생각한다. 자투리 공간까지 알뜰하게 쓰려면 어디에 무엇이 들어가야 할지 머릿속에 미리 그려둬야 한다. 구조를 먼저 잡는 까닭이다. 단점은 글을 시작하기까지 오래 걸리고 불안에 시달려야 한다는 점, 장점은 머릿속에 있는 걸 풀어놓으면 되니 쓰기 시작만 하면 금방 마무리할 수 있다는 거다. (시작할 수 있다면 말이다.)

문장 하나가 다른 문장을 끌고 나오는 방식으로 쓰는 사람들도 있다. 다음 문장이 뭐가 될지 궁금해하면서 그 과정을 즐긴다. 그런 인생을 살아보고 싶다. 그런데 얼개를 잡아놓고 시작하건 아니건, 하여간 결과물에는 구조가 있어야 한다. 구조가 없는 글은 설계도가 없는 집 같다. 주제가 없으면 구조를 짤 수 없다.

논술 같은 주장하는 글을 쓸 때는 각 문단의 핵심적인 문장을 쓴 설계도를 미리 머릿속에 만들어두면 효과적이다. 집의 구조가 잡혀야 가구를 들일 것 아닌가. 이런 글의 목표는 주장이 명확하게 독자에게 꽂히는 것이다. 그러려면 글이 정리돼 있어야 한다. 각 문단에 핵심은 하나다. 둘이 아니라 하나다. (강조하려고 두 번 쓴다.) 다른 생각은 다른 문단에 담는다. 청소를 생각해보자. 우리 방이 내 글이다. 그 안에 필기구, 겨울옷, 여름옷 구획을 나눠 정리한다. 필기구라고 쓰인 서랍에서 겨울옷이 나오면 어수선하다.

예를 들어 '최저임금 인상하라'가 주장이라고 하자. 이런 설계도를 생각해볼 수 있다. 1. 최저임금으로 한국에서 최저 생계를 유지할 수 없다. 2. 불평등이 심하고 노동에 보상이 충분히 이뤄지지 않으면 생산성을 높일 수 없다. 3. 최저임금이 인상되지 않으면 소비 진작도 어렵다. 4. 최저임금에는 재분배 효과가 있다. 5. 최저임금 탓에 영세 자영업자가 위기에 처한다는 반론이 있지만 문제는 최저임금이 아니라 과도한 임대료, 본사와 가맹점 사이 불공정 계약이다. 이 문장들의 순서를 이리저리 바꿔보기도 하면서 매끄러운 전개를 찾는다. 이 설계도가 완성되면 전체 흐름과 어떤 논거를 찾아야 하는지가 보인다. 다 쓴 거나 다름없다. 이제 발품만 팔면 된다.

구조는 주제를 드러내기 위한 전략이다. 기자 출신인 김훈 작가는 50대에 《한겨레》 경찰 출입 기자로 돌아왔다. 당시 쓴 글 중에 〈죽음과 일상은 뒤섞여 있다〉라는 현장르포가 있다. 중국 여객기가 추락했다. 현장 지휘소에는 "불에 타고 비에 젖은 주검이 실려 내려왔"고 "사망자들의 주검은 남자인지 여자인지, 어른인지 아이인지를 구별할 수 없"는 아비규환이다. 그곳에는 동창들과 해외여행 갔다가 참변을 당한 부부, 불과 하루 전 통화한 삼촌을 잃은 유족이 있다. 당신이라면 무엇을 쓰겠나? 이 글의 처음과 끝은 구조요원들이 밥 먹는 모습이다. "콩나물국 그릇으로 장대비가 쏟아져 내렸다"가 첫 문단의 마지막 문장이다. 글의 마지막은 "밥을 다 먹은 젊은 구조대원들은 다시 빗속을 헤치며 수색 현장으로 올라갔다"이다. 이 상황에서 콩나물국이 중요한가? 중요하다. 주제가 '죽음과 일상'이기 때문이다. 밥보다 일상을 더 직접적으로 드러내는 게 있나. 작가는 구조요원들의 밥 먹는 시간을 끊어 큰 틀을 짜 주제를 드러냈다.

2016년 5월 18일, 서울 지하철 스크린도어 수리를 하던 열아홉 살 김 아무개 군이 스크린도어 사이에 끼어 숨졌다. 그의 가방에는 먹지 못한 컵라면이 들어 있었다. 김 군이 죽고 사고 현장 앞에는 컵라면이 놓였다. 스크린도어에는 추모를 담은 포스트잇이 빼곡했다. 나향욱 전 교육부 정책기획관은 "내 자식 일처럼 느껴진다"는 여론에 대해 "어떻게 내 자식 일처럼 느껴지냐, 그렇게 말하는 건 위선"이라고 했다. 칼럼들이 쏟아져 나왔다.

고 황현산이 《한겨레》에 쓴 〈간접화의 세계화〉도 당시 상황을 다룬다. 통찰이 깊다. 왜 우리는 소설 속 하인이 아니라 주인공인 귀족에게 감정이입을 하나? 주인공의 시점으로 서술되니 독자는 하인을 만나기 어렵다. 어디든 24시간 배달이 되는, 편리하기 한이 없는 한국인의 삶을 가능하게 하는 노동은 가려져 있다. 그는 "우리는 저 간접화된 세계의 사람들에게 모든 불편과 위험과 치욕을 맡기고 때로는 죽음까지도 맡긴다"고 썼다. 어떤 사람들은 그 칸막이 너머를 공감하려고 노력하고 그러지 못해 자책한다. 그 공감의 노력이 사람이 사람일 수 있는 핵심이라는 게 글의 요지다. 이 깊이까지 독자를 이끌기 위해 필자는 춘천의 한 대학에서 일하던 시절 에피소드로 글을 시작한다. 한 교수가 그에게 아쉬운 듯 서울과 춘천을 잇는 고속도로가 나기 전 말고삐를 하인에게 잡히고 고개를 넘던 시절의 정취를 말한다. 그는 이렇게 답해 분위기를 싸하게 만든다. "말 잔등에 탄 사람이면 좋았겠지만, 말고삐 끄는 사람이었으면 어떡하게요." 다음 문단은 한번 보기 시작하면 끊을 수 없는 미국 드라마 〈왕좌의 게임〉, 그다음은 월터 스콧의 소설을 다루고 이어 재미교포가 한국에 사는 게 얼마나 편안한지 감탄한 에피소드로 넘어간다. 왜 이런 순서일까? 그는 독자가 쉽게 접근할 수 있는 친근한 사례부터 차근차근 쌓았다. 깊이 있는 주제까지 친절하게 안내한다. 나는 이 글의 구조에서 읽는 사람을 향한 배려를 느꼈다.

파격적인 형식이 주제를 시각적으로 드러낼 때도 있다. 교양 피디를 지망했던 황민아 씨(지금은 피디다.)가 쓴 〈행복의 출처〉란 글이 잊히지 않는 이유다. 제시어가 행복이었다. 그는 이렇게 진부한 제시어로 통찰과 재미를 갖춘 글을 썼다. 그의 글은 두 부분으로 나뉜다. 본문과 각주다. 본문은 대기업 취준생의 평범한 소확행 이야기다. 아메리카노 한 잔, 나이키 바이올렛 파스텔톤 신발 같은 것들이다. 아메리카노 한 잔에 달린 각주는 이렇다.

"세계 커피 물량의 3분의 1을 공급하는 브라질 커피 농장 종사자들의 하루 노동 시간은 최대 14시간. 이들이 60kg 자루에 커피 열매를 채울 때마다 받는 임금은 4,000~6,000원으로 커피 최종 소비자가격의 2% 남짓에 불과한 금액이다."

각주는 작은 글씨고 그야말로 저 아래 깔려 있다. 소확행이 보이지 않는 착취에 기반하고 있다는 걸 보여주는 형식이다. 이런 아이디어를 어디서 얻었냐고 물었다. 조남주 작가의 《82년생 김지영》(민음사, 2016)이라고 했다. 소설에서 김지영의 경험에 각주가 달린다. 통계 등을 보여주는 각주를 읽어보면 김지영 개인만 겪는 일이 아니란 걸 알 수 있다.

주제를 부각할 수 있는 파격적 형식이 떠오른다면 계 탄 날이다. 그런 행운은 자주 오지 않는다. 나는 왜 이리 창의적이지 않을까 실망할 필요 없다. 우리에겐 '기-승-전-결'이라는 실패할 수 없는 구조가 있다. 따로 배울 필요도 별로 없다. 친구와 떠는 수다도 나도 모르는 새 기승전결을 따른다. 그만큼 익숙한 이야기 흐름이다.

기승전결에 들어갈 말을 다 생각하면 언제 쓰기 시작하나? 중간 내용이 떠오르지 않더라도 시동은 걸 수 있다. 글의 첫 문장과 마지막 문장이 정해졌다면 쓸 수 있다. 하고 싶은 말이 무엇인지 알고 있다는 뜻이다. 첫 문장은 출산할 때 애 머리 같다. 머리가 나오면 몸통이 쑥 빠진다. 꼬시려면 얼마나 노력해야 하

나. 소개팅 나갈 때 얼마나 공을 들이나. 일단 읽는 사람을 붙들어야 무슨 이야기를 할 거 아닌가. 첫 문장이 독자를 붙든다. 첫 문장과 마지막 문장이 좋다고 다 잘 쓴 글은 아니지만, 잘 쓴 글은 첫 문장과 마지막 문장이 좋다.

첫 문장이 중요하다는 걸 아는 게 걸림돌이 되기도 한다. 시작을 못 하는 수가 있다. 아름다운 것들은 눈길을 끈다. 그런데 아름다움은 다다르기가 어렵다. 적어도 독자를 글로 끌어들이는 데 실패 확률이 낮은 방법은 궁금증을 유발하는 거다. '그날, 우리는 헤어졌다.' 왜 헤어졌는지 궁금하지 않나? 앞서 말한 《그날 저녁의 불편함》의 첫 문장은 "나는 열 살이었고 더 이상 코트를 벗지 않았다"이다. 왜 코트를 벗지 않을까? 코트를 벗지 않는 건 오빠를 잃은 아이의 고통을 집약해서 보여주는 상징이다.

글쓰기 수업을 하면서 첫 문단과 마지막 문단이 되레 글의 매력을 가리는 경우를 자주 본다. 꼬부랑길을 한참 따라가야 필자가 하고 싶은 이야기가 시작된다. 서설이 길면 그 글의 매력에 닿기 전에 독자가 이탈해버리거나 주제에 집중하기 힘들다. '꼰대 직장 상사와 예의를 갖춰 거리 두는 법'에 관한 글을 생각해보자. 매력적인 주제다. 비법이 궁금하다. 이 글의 핵심은 빌런인 꼰대 직장 상사의 행태, 필자의 마음고생과 그 끝에 찾은 해법, 해법을 실행했을 때 상사의 변화이다. 상사의 변화 폭이 클수록 글이 주는 통쾌함도 커진다. 그런데 빌런 상사가 등장하기 전에 필자가 취준생 시절 얼마나 힘들었는지를 설명하는 부분이 서너 문단 이어진다. 이 글이 취준생의 고통에 관한 글인지 헷갈린다. 그걸 주제로 쓰고 싶다면 글을 분리해야 한다. 글 하나에 주제는 하나다. (강조하고 싶어 또 반복했다.)

마지막 문단에서 필자가 말하고 싶은 걸 반복하는 경우도 많다. 자기 뜻이 전달됐는지 불안하기 때문일 테다. 특히 그 말이 교훈적인 내용일수록 반복은 다 된 밥에 빠뜨린 코다. 조상 제사를 놓고 부모님이 한 판 붙은 상황을 권투 중계처럼 생생하고도 객관적인 언어로 묘사한 글이 있었다. 팔팔 끓는 부모님의 언어와 차분한 필자의 톤이 부닥쳐 웃겼다. 이 상황만 봐도 필자가 무엇을 말하고 싶은지 나는 충분히 파악했다. 그런데 마지막 문단에서 필자는 제사는 사라져야 한다는 주장을 한 번 더 붙였다. 아쉽다. 그 마지막 문장의 톤이 이제까지 생생한 전개와는 달라 재미를 떨어트렸다.

독자를 상정한 글쓰기는 장사 같다. 우리가 팔고 싶은 건 주제다. 그 주제의 성격은 무엇인가? 정보인가? 통찰인가? 유머인가? 그걸 가장 잘 보이게 진열한다. 어떻게 보여줄까? 대비? 비유? 반전? 예를 들어 연애 시절 남편과 결혼한 지 30년이 지난 후 지금 남편을 비교한 글을 생각해보자. 이 글의 핵심적인 틀은 대비다. 그때 그 남자와 지금 남자가 다를수록 재미가 살아난다. 둘 사이 격차를 키워야 한다.

갈등에서 재미가 나온다. 주인공과 부닥치는 인물이 없는 소설을 상상할 수 있나? (있긴 하겠지만 재미는 없을 거다.) 나와 남뿐만 아니라 나와 나 사이에도 갈등이 있다. 월급은 받고 싶은데 직장은 다니기 싫다. 계속 다니지도 그만두지도 못하겠다. 이 두 마음 사이의 갈등이 확연히 드러날 수 있는 에피소드들이 나와야 한다.

내 글에서 가장 재밌는 부분이 정보라면, 그걸 어디에 둘지 고민한다. 개명에 대한 글이라고 해보자. 대체 어떤 이름이기에 그럴까 궁금하다. 첫 문단에서 다들 기억할 만큼 특이하고 놀림도 당했다고 정보를 흘린다. 이름이 뭔지 더 궁금해진다. 주요 정보를 뒤로 미루는 전략은 독자가 싫든 좋든 그 정보가 나오는 데까지 읽게 만드는 효과가 있다. 뒤로 미룰수록 기대가 커진다. 문제는 정보가 기대에 부합하지 않으면 김이 팍 샌다는 데 있다. 자기가 가지고 있는 정보가 별 대단한 게 아니라면 역효과가 난다. 밀당할 때는 손에 쥔 패를 보는 게 먼저다.

마지막 문장의 역할은 곱씹을 만한 여운과 함께 글의 핵심을 드러내는 것이다. 마음에 와닿은 글은 자꾸 생각나며 각자의 경험과 화학 반응을 일으킨다. 독자가 이해할 수 있도록 정성을 다하는 건 필자의 몫이지만, 어떻게 이해할지는 독자가 결정한다. 다 씹어 입에 넣어주면 무슨 맛으로 곱씹겠나. 'TMI'는 질린다. 간결하게 끝내면 독자가 적극적으로 곱씹으며 틈새를 메운다. 어떤 게임이든 자기가 참여해야 애착이 생기고 재밌다.

　마지막 문장은 글 전체의 인상을 좌우한다. 강이슬 작가의 《안 느끼한 산문집》(웨일북, 2019)은 슬픈데 웃기다. 그는 오르는 보증금에 쫓겨 이 집 저 집 옮겨 다니는 도시의 도망자는 아니고, 방송작가다. 〈막내 작가 생존기〉의 첫 문장은 "95만 7,000원"이다. 강렬하다. 〈SNL〉 막내 작가 시절 그의 월급이다. 이 숫자에 착취당하는 노동의 눈물 콧물이 들어 있다. 일이 항상 있는 건 아니라서 필자는 여기서 비상금 20만 원은 떼어놓는다. 노동자에게는 그토록 짠내 나게 구는 방송사는 이상한 데서 호방하다. 앵무새는 방송에서 "안녕하세요" "반갑습니다" 두 마디를 두 시간 동안 하고 80만 원을 받아 간다. 현타를 맞은 필자는 집에 와 《아프니까 청춘이다》(김난도 지음, 쌤앤파커스, 2010)를 버린다. 여기서 끝맺어도 괜찮다. 그런데 작가는 한 번 더 튼다. 버리고 와 씩씩거리며 책상에 앉아 생각해보니 후회가 된다. '중고로 팔았으면 얼마나 받았을지'로 끝내니 페이소스가 더 짙어진다. 웃기고 슬픈 글의 톤이 더 강렬해진다. 어디서 끊느냐는 중요하다. 인생이 다 그렇지 않은가? 연애도 여기서 끊으면 로맨틱코미디이지만 저기서 끊으면 비극이다.

단문이 정답은 아니지만

단문이 최고라고 생각했다. 기사나 칼럼은 압축해 써야 해서 더 그랬다. 관공서 안내문을 보다가도 없어도 될 것 같은 말을 혼자 골라낸다. 복문을 읽으면 성질이 났다. 그런데 정지우 작가의 《우리는 글쓰기를 너무 심각하게 생각하지》에서 단문을 강조하는 사람들은 대개 폭력적인 경험으로 글을 배웠다는 내용을 보고 정곡을 찔린 기분이 들었다. 맞는 말이다. 폭력적으로 배운 규칙들은 절대적인 것으로 믿게 된다. 머리 쥐어뜯으며 배운 것들이 맞을 수도 틀릴 수도 있다면 얼마나 억울한가. 자기가 아는 게 진리라고 믿으면 남들에게도 강요하게 된다. 고생의 양이 정답을 증명하는 게 아닌데도 말이다.

세상에는 굽이굽이 아름다운 긴 문장들이 넘친다. 박완서 작가의 중단편 《대범한 밥상》(문학동네, 2014)을 읽다 경배라도 드리고 싶었다. 1970년대 쓴 단편들이 지금 세상도 베버릴 서슬 퍼런 문제의식을 품고 있고, 길고 짧은 문장들은 리듬을 만들며 흐른다. 문장은 노래 같다. 리듬이 중요하다. 자기 글을 퇴고해보면 안다. 퇴고할수록 리듬이 생긴다. 절대적인 최고인 문장은 없고, 그 글에서 최고인 문장은 있다. 그 글 안에서는 그렇게 쓰지 않으면 안 되는 문장 말이다.

문장의 길이는 글의 주제와 톤에 따라 달라지고, 달라져야 한다. 글을 들려주는 목소리를 상상해보라. 발랄한가? 진중한가? 영화가 로맨틱코미디로 시작해서 교장 선생님 훈화 말씀으로 끝나면 황당하지 않은가.

글쓰기 수업을 하다 보면, 문장은 성격을 닮는 게 아닐까 싶다. 작가 황정은의 문장은 황정은의 문장이지 성석제의 문장이 아니고 그럴 필요가 없다. 우리는 어떤 사람을 만나려고, 그 사람만의 목소리를 들으려고 글을 읽는다. 당신만의 복문은 아름답다.

내가 참을 수 없는 긴 문장들은 있다. 예를 들어 무언가를 설명하는 글에 쓰인 긴 문장들이다. 설명의 목적은 읽는 사람이 빠르고 쉽게 이해하는 거다. 굽이굽이 이어지는 문장들을 이해하려면 읽는 사람이 문장 끝에 서술어가 나올 때까지 주어를 기억하고 있어야 한다. 뇌에 부하가 걸린다. '인간의 자신의 생존이라는 제1의 원칙을 위해 개인의 권리를 국가라는 공적 영역에 위임하여 이익 추구의 극한 대립을 피하고자 하였다.' 별말 아닌데 어렵다. 그런 글을 읽다 보면 짜증이 난다. 당신은 내 이해를 도우려고 문장을 나누는 노력조차 하지 않는데 나는 왜 당신이 쓴 글을 이해하려고 노력해야 하나?

앞에 인용한 문장을 이렇게 두 문장으로 나누기만 해도 더 쉽다. '인간은 개인적 권리 가운데 일부를 국가에 위임한다. 제한 없는 극단적 이익 추구가 자칫 극한 대립을 불러와 생존마저 위협할 수 있기 때문이다.' 한 문장에 여러 생각을 담으려고 하면 문장이 꼬여버린다. 생각이 명확하지 않아도 문장이 중언부언 길어진다. 욕심을 버리고 한 문장에는 하나의 생각만 담는다.

단문은 실용적인 데가 있다. 문장이 길어지면 비문을 쓸 위험이 커진다. 쓰는 사람도 서술어가 나올 때쯤에 주어를 까먹는다. '나는 빨리 졸업해 취직이 되는 것이 온 가족의 바람이었다.' 이렇게 주어와 서술어가 따로 노는 글을 쓰는 사람이 없을 것 같지만 꽤 많다. 퇴고하지 않으면 나도 이렇게 쓸 때 많다. 한국말을 잘하니 한국어 문법은 알고 있다고들 생각하지만, 솔직해지자. 우리는 영문법만큼 한국어 문법에 진지하지 않다. 단문을 쓰면 최소한 이런 실수는 덜 할 수 있다.

문장의 개성은 추구해야 할 목표다. 기본기가 없거나 독자에 대한 배려가 없는 개성은 객기다.

욕심을 버리고 한 문장에는 한 생각만 담아봐요.

조사 '의'에 충격받다

기자 2년 차 때, 편지 한 통을 받았다. 손 편지였다. 팬레터? 두 근두근 봉투를 열어보니 오려낸 내 기사가 나온다. 빨간 동그라미투성이다. 누군지 모를 그는 고수였다. 내 기사에서 맞춤법이 어긋난 부분에는 어김없이 표시해놓았다. 교열을 거친 기사인데도 난도질당할 거리가 남았나 보다. 충격받았다. 가장 많은 동그라미는 조사 '의'에 쳐져 있었다. 그때까지 나는 내가 '의'를 그렇게 많이 쓰는지 의식하지 못했다. 아무 생각 없이 '내 책상' 이 아니라 '나의 책상', '학생 50명' 대신 '50명의 학생'이라고 썼다. 이런 '의'들은 군더더기다.

　엄밀히 따지면 '50명의 학생'은 일본어 번역 투다. 나는 번역 투가 꼭 나쁘다고 생각하지 않는다. 문장에 입히고 싶은 색깔에 따라 선택할 수 있다고 여긴다. 학생 수를 강조하고 싶다면 '50명의 학생'처럼 숫자를 앞으로 끌어 쓸 수도 있는 것 아닌가. 내가 싫어하는 '의'는 거기 있어야 할 이유를 알 수 없는 '의'다. 발음하기도 어려운 한 글자를 쓸데없이 더 읽어야 한다. 게다가 조사 '의'는 의뭉스럽다. 문장을 두루뭉술하게 만들기도 한다. '슬픔의 위안'이라 쓰면 슬픔을 위안한다는 건지, 슬픔이 주는 위안인지 확실하지 않다. '내 친구이자 진영의 조카 소영의 친구 민희.' 내 친구가 진영인지, 소영인지, 민희인지 모르겠다. '김 박사의 책'은 김 박사가 쓴 것일 수도 김 박사가 가지고 있는 것일 수도 있다. 앞뒤 문장을 봐야 정확한 뜻을 알 수 있다. 그 편지를 받은 지 20년이 지났지만 나는 조사 '의'를 보면 긴장한다. '의'가 두 번 이상 들어간 문장은 뭔가 잘못됐다고 의심한다.

조사 '의' 뿐만 아니라 쓸데없는 말이 들어가면 문장이 모호해진다. 이유 없이 붙여 쓰는 말이 있다. '사회적 약자와 소수자' '사회적 이동성과 기회의 확대' '사회복지제도 및 사회서비스' '민간과 기업' 이런 식이다. '와'로 연결한 두 낱말 사이 무슨 차이가 있는지, 왜 두 낱말을 썼는지 모르겠다.

꾸미는 말 때문에 문장이 애매해질 수 있다. '나는 무분별한 탈핵 정책에 반대한다'고 하면 무분별하지 않으면 탈핵에 찬성하겠다는 건지 탈핵 정책은 본질적으로 무분별하므로 반대한다는 건지 헷갈린다. 전자라면 탈핵 반대가 아니라 실현 가능한 탈핵 정책을 세우라는 주장으로 이어질 수도 있다. '무분별한'이란 형용사가 조건인지 이유인지 명확하지 않다.

'노인 인구의 자립적인 경제활동이 어려워지면 노인은 경제라는 생존 게임에서 맥없이 탈락하게 된다.' 노인이 경제활동을 할 수 없는 것 자체가 경제라는 생존 게임에서 탈락하는 것이다. 뒷부분은 필요 없는 반복이다. '자립적인'이 들어가 더 모호해졌다. 만약 노인이 일은 하는데 홀로 생활을 유지할 수 있을 만큼 돈을 못 번다면 게임에서 탈락한다는 뜻인가? 이 문장에서 이야기하고 싶은 게 노인의 경제활동이 아니라 '자립'할 만한 경제활동인가?

이렇게 쓸데없이 명사를 나열하거나 애매하게 꾸미는 말을 붙이는 이유 중 하나는 문장에 담은 생각을 실제보다 부풀리고 싶기 때문이다. 문장이 길어지면 뭔가 더 중요한 말을 쓴 것 같이 느껴지기도 한다. 생각의 깊이는 문장의 길이로 표현하는 게 아니다.

---

tip.

한 문장에 조사 '의'가 두 번 이상 나온다면 문장을 다시 살펴보세요.

번역 투와 인용이라는 가면

'사람들과 만남을 통해 혼자 고민했던 생각이 해소됐다.' '면접을 통해' '독서를 통해' 자꾸 뭘 '통'한다. 영어식 번역 투 문장을 보면, 대체로 동사를 명사로 바꾼다. '사람들과 만나~' '독서하며~'와 똑같은 정보를 얻으려고 한두 글자를 더 읽어야 한다. '건강을 유지하는 데 숙면은 중요하다'해도 될 텐데 '건강을 유지함에 있어서 숙면은 중요하다'고 한다. 특히 논문 제목에 이런 경우가 많다. '뛰다가 넘어졌다' '뛰니 넘어지지' '뛰려고 넘어졌지.' 영어와 달리 한국어 형용사나 동사는 어미를 활용한다. 이 특징을 살리면 문장이 더 자연스러운데도 각 잡고 글을 쓸 때는 동사를 명사형으로 굳이 바꾸고 조사를 붙인다.

서술어도 동사를 명사로 바꾸고 '이다'라는 서술격조사를 써야 직성이 풀리는 사람들도 있다. (나도 이런 버릇이 있다고 고백한다.) '나는 초조해서 가슴이 뛴다' 대신에 '내 가슴을 뛰게 만든 건 초조함이다'라고 표현한다. '보유세는 재분배 효과가 있다'고 써도 되는데 '보유세는 재분배 효과가 있는 정책이다'라고 붙인다.

앞 문장의 이유를 설명하는 문장이 아닌데 '~ 때문이다'도 흔히 사용한다. '그는 노인이다. 늙었기 때문이다.' 동어반복인데 이유인 것처럼 쓴다.

글쓰기 책들에는 '피동을 경계하라'는 구절이 자주 나온다. 한국어는 능동태일 때 더 힘이 있다고 한다. 나는 항상 그런 건 아니라고 생각한다. 피동으로 드러내고 싶은 강조점이 있다면 피동을 선택할 수 있는 것 아닌가? 내가 피동형을 싫어하는 까닭은 '~에 의한'을 읽기 싫기 때문이다. 이 세 글자가 들어가면 글이 딱딱해진다. 번역 투 느낌을 풍긴다. 예전에 나는 교수들이 번역한 책은 살지 말지 망설였다. 데인 기억이 많기 때문이다. 영어 수동태를 그대로 직역하다 보니 피동 천지다. 어떤 문장은 내 시시한 영어 실력으로 원문을 상상해야 이해되기도 한다. 원문을 정확하게 전달하려는 의도인 것 같은데 의미 전달 자체가 안 될 때가 많다. '논문에 따르면 지구온난화로 인한 냉각수의 양 및 품질 저하로 인한 냉각 효율 저하와 그에 따른 발전 효율 저하는 기후 변화에 따른 에너지 부문의 가장 보편적인 영향이다.' 무슨 말인지 모르겠다. 한 문장에 '~로 인한'이 두 번 나온다. 피동에 피동을 더했다. '및'과 '와'로 명사를 줄줄이 연결한다. '세력 간 균형추를 유지하는 그 과정이 우크라이나의 민주주의를 성숙하게 하는 것으로 여겨졌다.' 이 문장의 주어는 '그 과정'이고 서술어는 '여겨졌다'다. 주어를 바꾸고 능동태로 '세력 간 균형추를 유지하며 우크라이나의 민주주의가 성숙했 다'로 고치면 이해하기가 쉽다.

사람이 아니라 사물을 주어로 쓰고 피동형이나 사동형까 지 더하면 번역 투가 물씬 뿜어나온다. 자기 자신도 '발견'하고 '만든다'고 쓴다. '미친 사람처럼 웃고 있는 나를 발견한다.' '그 선물은 나를 행복하게 만들었다.' '나를'을 영어의 재귀대명사처 럼 썼다. 왜 나를 남처럼 말할까? 처절한 자기 객관화일까? '되 다'를 남발하는 경향도 있다. '생각하다' 대신 '생각되어진다'고 쓴다. 자신을 주체가 아니라 대상의 위치에 놓는다. 이런 피동 이나 사동형을 많이 쓰는 이유는 어쩌면 자신이 주체라는 느낌 을 점점 살면서 느끼기 어렵기 때문일지도 모른다.

이른바 '회사체'는 한글 낱말을 영어나 한자로 바꾼다. 종 합상사에 취업한 비정규직의 분투를 그린 드라마 〈미생〉에 이 런 장면이 나왔다. 엘리트 코스를 밟아온 장백기(강하늘)가 꼼꼼한 선배를 만나 기초 훈련을 다시 받는다. 장백기가 쓴 보고서를 보고 선배는 "장황하고 전문적이지 않다"며 줄이라고 한다. 장백기는 "이슬람 최대 명절 중 하나인 라마단이 지난 8월 18일 끝났습니다"를 "라마단이 종료됐다"로 고쳤다. 한글 단어를 한자로 바꾼 두 번째 문장은 첫 번째 문장보다 하나도 더 명료하지 않다.

대기업에 다니는 친구는 이런 보고서도 봤다. "이 과정은 뎁스(depth, 깊이)한 분석이 필요합니다." 심층 분석이 필요하다는 하나 마나 한 얘기다. 이런 보고서도 있었다. "당사가 먼저 이슈(issue, 제안)했을 때 임플로이어(employer, 고용인)와의 관계를 생각해서, 스트래티직(strategic, 전략적) & 폴리티컬적(political적, 정치적)으로 어프로치(approach, 접근)해야 할 것으로 사료됩니다." 눈치껏 잘 제안하라는 텅 빈 이야기를 최대한 어렵게 영어 단어로 덮는다.

고상한 취향을 드러내고 싶을 때도 영어 낱말을 쓴다. 아파트 이름이 그렇다. 1990년대까지만 해도 아파트 이름은 미도, 백조, 개나리 같은 것들이었는데 요즘엔 영어 단어 '서밋(봉우리)' '캐슬(성, 이 아파트 이름을 볼 때마다 이 주소를 외국인 친구에게 알려줄 때 창피할 것 같다.)'이나 영어와 독일어를 괴상하게 섞은 '위버필드(über는 독일어로 위쪽, 필드는 땅)'다. 똑같은 정보를 전달하는데 이상하게도 번역 투 '공부함에 있어서'가 '공부하는 데'보다 유식하게 들린다. 번역 투 '성공하기 위해'가 '성공하려고'보다 더 격식 있게 느껴진다. 왜 그럴까? 한국에서 영어 실력은 학력과 배경을 섞은 계급을 드러낸다. 이런 낱말을 쓰는 글이 독자에게 은근히 전달하려 하는 건 영어와 한자 낱말을 쉽게 쓰는 필자의 계급이 아닐까?

인용도 '고상함 전시용'으로 쓰일 때가 있다. 고백하자면 나는 무시당하기 싫어 직접 인용을 남발한 적이 많다. 내 생각이 이렇다고만 쓰면 읽는 사람이 '그래서? 네가 뭔데?' 할 것 같다. 외국의 유명한 학자도 그렇게 말했다고 덧붙여야 마음이 놓였다. 다른 사람의 문장만큼 쓸 자신이 없을 때도 직접 인용에 의지했다. 직접 인용은 내게는 방패 같은 것이기도 했다. 여러 학자 이름을 가져오면 내가 그만큼 아는 게 많아 보이니까. '저 그렇게 만만한 사람 아니에요.' 큰따옴표를 칠 때마다 이런 말을 하고 싶었던 것 같다.

모든 인용이 나쁘다는 건 아니다. 인용 안 하고 훔치는 것보다야 백번 낫다. 여성학자 정희진은 "모든 글은 독후감"이라고 말하기도 했다. 타인의 생각을 먹고 소화하지 않고는 내 생각도 자라지 않는다. 세상의 모든 일이 그렇듯이 타인에게 빚지지 않는 글은 없다. 다만, 인용하는 이유가 무엇인지에 대해 생각할 필요가 있다. 방점이 어디에 찍혀 있나? 자기가 유식하다는 걸 드러내기 위해서인가? 독자의 이해를 돕기 위해서인가?

비유도 마찬가지다. 여의도는 가봤지만 맨해튼에 안 가본 사람에게 맨해튼을 설명할 때 "여의도 같아요"라고 하면 이해를 돕지만, 여의도를 보고 "맨해튼 같아요"라고 하면 잘난 척이다. 이런 '허세' 인용이나 비유는 잘난 척할 수밖에 없는 작은 자아를 드러내는 증거다.

---

tip.

동사나 형용사를 명사형으로 바꿔 조사를 붙이지 말고 어미를 활용해보세요.

추상으로 가득 찬 글이 싫고

신문을 읽다 보면 궁금하다. 걸핏하면 '국민을 위해서'라는데 이 국민은 누구일까? 국익은 누구의 이익일까? 종합부동산세 '세금 폭탄'에 국민이 분노한다는 기사들이 쏟아졌다. 한국의 상위 2%만 맞는다는 그 폭탄, 나도 한 번 맞아봤으면 좋겠다. 《중앙일보》1면 기사에서 강남에 15억 넘는 아파트를 가진 사람이 정부 정책 탓에 다른 데보다 집값이 조금 올랐다며 분통을 터트렸다. 전세난을 다룬 JTBC 뉴스에서 한 주민은 아이들 교육 때문에 목동에서 대치동으로 이사하려 했지만, 전세가 나온 게 없어 포기했다고 한다. 내가 그 사람들 걱정해야 하나? 인천 국제공항 비정규직의 정규직 전환을 두고 불공정하다며 청년들이 분노한다는 기사들이 넘쳤는데 이 청년들은 누굴까? 아마도 대부분 대졸자일 테다.

추상명사는 소통보다는 독백의 도구다. 알맹이가 없을 때, 또는 비판받을까 봐 알맹이를 숨기고 싶을 때 추상명사를 남발한다. "한국의 '학벌 구조'가 교육을 탈가치화한다." 이런 문장을 읽으면 화가 난다. 탈가치화는 무슨 말일까? 어떤 가치에서 이탈했다는 뜻일까? 학벌 탓에 교육이 제 역할을 못 한다는, 모르는 사람 없는 내용을 말하고 싶었다면 이렇게 어려운 단어를 쓸 이유가 없다.

추상명사는 진부하다. 사랑은 진부하지만, 구체적인 행태는 흥미진진하다. 누군가를 사랑하면 그의 디테일을 알게 된다. 텔레비전 프로그램 〈세상에 이런 일이〉에 유기견 400마리를 키우는 쉰 살 김계영 씨가 나온 적이 있다. 그는 육상선수였는데 관절염이 생겨 포기했다. 길에서 교통사고를 당한 유기견 한 마리를 구조해 치료해줬는데 어느새 400마리로 늘었다. 다친 개들이 다시 걷는 걸 보며 대리만족을 얻는다고 했다. 취재진은 계영 씨의 개 사랑을 테스트했다. 계영 씨 눈을 안대로 가리고 강아지를 만지는 것만으로 이름을 맞출 수 있는지 게임을 벌였다.

"얘는 내 얼굴 핥을 때 혀가 짧네요.. 얘는 보미예요."

거의 똑같이 생긴 흰색 몰티즈 두 마리를 안겼는데 바로 구별한다.

"얘는 송곳니가 좀 더 긴 덕칠이, 얘는 주둥이가 좀 더 긴

땡구."

　'계영 씨는 개를 사랑한다'고 쓰면 마음을 울리지 않지만, 계영 씨가 400마리를 모두 구별해내는 모습은 뭉클하다. 그 모습 자체가 사랑이기에 사랑이라고 덧붙일 필요가 없다. 사랑이라는 주제가 글이 되려면 구체적인 모습을 띠어야 한다. 구체적인 글감에서 추상적인 주제를 건진다.

　'그는 나쁜 놈'이라고 쓰면 아직 글이 아니다. 그 나쁜 행태를 하나하나 보여줘야 한다. 그러려면 그놈의 행태를 관찰하고 기록해야 한다. 상사에게 아부할 때 그는 어떤 표정을 짓나, 말투는 어떤가? 그가 의리 없다는 걸 보여줄 사건은? 그 모습들을 보고 독자가 '악인'이란 낱말이 글에 없더라도 그렇다고 느껴야 글이다. 나는 미워하는 사람은 많지만 쓸 수가 없다. 그토록 자세히 보기 싫으니까.

　당신의 마음은 어떨 때 울리나? 나는 추상명사 때문에 운 적이 없다. 겨울 끝자락, 바람의 촉감이 어떤 여행의 순간을 불러들이고 그 여행을 함께했던 사람들의 얼굴을 소환하면 갑자기 그리워 운 적은 있다. 소설을 보면 주인공을 초반에 묘사하는 경우가 많다. 그의 인상은 어떤지, 그를 둘러싼 풍경은 어떤지 이미지가 떠오른다. 그렇게 형상이 생긴 주인공은 이제 독자와 남이 아니다. 나는 그 주인공에게 감정이입할 준비가 됐다.

감각이 감정을 일으킨다. 넷플릭스 다큐멘터리 〈셰프의 테이블〉에 나온 스페인 디저트 셰프 조르디 로카는 코가 엄청 크다. 어린 시절부터 놀림을 많이 당했다. 방황 끝에 요리사가 된 그에게 큰 코는 무기다. 기억의 냄새를 맡아 디저트를 개발한다. 그는 숲으로 걸어 들어가 비 온 뒤 젖은 흙을 퍼왔다. 그 흙을 증류해 냄새를 뽑아낸 뒤 아이스크림에 입혔다.

"누구에게나 어릴 때 흙장난한 기억이 있죠. 흙을 먹기도 하고요."

이 아이스크림의 향기는 유년의 기억을 불러일으킨다. 다시는 돌아갈 수 없는 어린 시절의 한 순간이 해동되면 이 아이스크림을 먹다 울 수 있을 것 같다. (너무 비싸서 이번 생에는 먹을 수 없겠지만.) 좋은 글은 독자의 후각, 청각, 미각, 시각을 자극해 그 상황을 체험하게 한다. 조르디 로카는 '유년'이란 추상적 주제를 '흙냄새 나는 아이스크림'이라는 구체적 형상으로 빚었다. 글쓰기도 마찬가지다.

감각은 강력하다. 강화길의 단편 〈음복飲福〉(《화이트 호스》, 문학동네, 2020)은 제삿날을 그린다. 일상적 풍경 같은데 생경하다. 며느리 눈에는 한 번에 들어오는 갈등이 남편이자 이 집안의 천진난만한 아들에게는 보이지 않는다. 보지 않아도 되니까. 할머니의 한은 차별받아온 딸들만 칭칭 감고 있다. 이 집안의 평화는 섬뜩한 데가 있다. 그 섬뜩함은 토마토 고기찜에 응축된다. 베트남전에 참전했다는 할아버지는 이 들척지근한 토마토 고기찜을 좋아했고 이제 아들이 먹는다. 입 주변에 선지 같은 토마토를 묻혀가며 먹고 있다. 이 이미지는 소설을 읽고 한참이 지난 뒤에도 잊히지 않는다. 폭력이라는 추상명사가 토마토 고기찜으로 변하면서 비릿한 맛까지 풍긴다.

　이름 하나만 달라져도 전체 글의 느낌이 바뀌기도 한다. 나는 김보통 작가를 만난 적이 없는데 그 사람을 아는 것 같다. 그의 에세이집 《어른이 된다는 서글픈 일》(한겨레출판, 2018)엔 어린 시절 풍경이 세공돼 있다. 그중 하나는 동네 이발소에 대한 이야기였다. 별 이야기 아니다. 옛날 이발소에서 이발하는 얘기다. 그런데 이상하게 마음이 저릿하다. 쓸쓸하다. 이발소 이름이 '형제 이발소'이기 때문이다. 이 이발사에게는 형제가 없다. 이 이름 때문에 이발사의 외로움이 글 전반에 깔린다.

　그러니 만약 당신이 느낀 것을 독자에게 전달하고 싶다면, 공감을 불러오고 싶다면, 추상명사가 아니라 그 장면을 잡는 게 좋다. 바람은 어땠는지, 공기의 냄새는, 색깔은, 표정은? 주제를 가장 잘 보여줄 수 있는 것들을 골라 그 감각들을 글로 적어 독자에게 보내면 독자의 경험이 해동돼 이 감각들과 엉킬 것이다. 다만, 모든 걸 그렇게 묘사할 수는 없고, 해서도 안 된다. 이것저것 깨알같이 디테일을 쓰면 읽고 남는 게 없다. 무엇을 자세히 묘사할지는 결국 주제에 달렸다.

---

tip.

사랑이란 추상명사 대신 구체적인 사랑의 행태를 써보세요.

어떻게 써야 하나

게으른 부사도 싫다

반성한다. 나는 '진짜' '정말'이란 말을 많이 썼다. 이 말이 싫다. 싫으면서 왜 하나? 어휘력이 부족하거나 발품을 덜 팔아서다. 나는 누가 나를 '진짜' 좋아한다고 하지 않고 어떤 걸 좋아하는지 말해줬으면 좋겠다. ('진짜' 좋아한다고 해도 기쁠 것 같기는 하다.) 내가 잘 모르는 내 특징들을 꼽아 그렇게 말해준다면 나는 그 사람을 위해 전 재산을 바칠 준비가 돼 있다. (재산이 얼마 안 되기 때문에 쉽게 말할 수 있다.)

로맨틱코미디 영화의 고전인 〈해리가 샐리를 만났을 때〉 마지막 장면에서 친구로 지내던 해리의 고백을 받고 샐리는 왜 눈물을 흘렸나. "생각 많이 해봤는데 나는 널 사랑해." "이런 식은 아니야." "그럼 이건 어때. 샌드위치 주문에도 한 시간 걸리는 당신을, 날 볼 때 미친놈 보듯이 인상 쓰는 당신을, 잠들기 전까지 얘기할 수 있는 당신을 사랑해."

셀린 시아마 감독의 영화 〈타오르는 여인의 초상〉에서 마리안과 엘로이즈가 사랑을 확인하는 장면도 이렇다. "너는 당황할 때 입술을 깨물고, 화가 나면 눈을 깜박이지 않아." "너는 평정심을 잃으면 눈썹이 올라가고 당황하면 입으로 숨을 쉬지." 이 대사 대신에 "너는 정말, 진짜 예뻐"라고 한다면 당신은 사랑을 느끼겠나? 이런 구체적인 묘사는 진짜를 붙이지 않아도 진짜임을 증명한다. '진짜' '정말' '매우' 이런 부사들이 싫은 까닭은 두 글자로 퉁치려 들기 때문이다. '정말' 착하다고 말하는 건 성의가 없다. 어디가 어떻게 착한지 보여주며 '정말'을 붙이지 않아도 '정말' 그렇다고 느끼게 해야 한다.

'매우' '최고'는 위험할 수도 있다. 어떤 부사를 쓰냐에 따라서 무엇을 증명해야 하는지가 달라진다. 어떤 건물이 '매우' 높다는 걸 말하고 싶다면 기준이 필요하다. 예를 들어, 이 동네 평균 건물 높이를 기준으로 삼아 얼마나 높은 걸 '매우'라고 말한다는 정의를 먼저 하고 그 건물의 높이를 재야 한다. 동네에서 '최고'라고 썼다면 이 동네 건물 높이를 죄다 조사해야 한다. 단 하나라도 더 높은 건물이 있다면, 이 부사 때문에 이 문장은 거짓이다.

맛집에 갈 때마다 나는 내 가난한 어휘력 탓에 술이라도 진탕 마시고 싶다. 영혼이 반신욕 하는 느낌을 주는 음식을 먹어도 '이거 진짜 맛있다' '대박'이 전부다. 조금 더 정교하게 표현하고 싶을 땐 '간이 딱 맞다' 정도 덧붙인다. 양식, 중식, 한식, 일식 가릴 거 없이 다 맛있거나 진짜, 정말 맛있거나 맛없다. 이건 거의 음식에 대한 모독이다. '정말, 매우, 진짜 맛있고 맛없다'로만 이뤄진 세계에 사는 내 미각은 얼마나 초라한가. 정말, 진짜만 쓰다 보면 삶이 흑백영화 같다. 진짜와 정말로 밝기만 조절하지, 색깔을 입히지는 못한다. 방송인 사유리가 전국을 돌며 음식 기행을 한 적이 있다. 표현이 '진짜' 기가 막힌다. (주여, 어찌하여 저의 재능은 이토록 초라하단 말입니까.) 매운 갈비찜을 먹은 사유리는 이렇게 말했다.

"코끼리 100마리가 나를 밟고 기린 5마리가 밟고 마지막에 호랑이가 엉덩이를 깨무는 맛."

나도 이 갈비찜을 먹고 미뢰의 폭발을 느껴보고 싶다. 부사 대신 비유를 쓰면 문장이 생생해진다. (비유 나름이긴 하다. '앵두 같은 입술' 식의 뻔한 비유는 없는 게 낫다.) 정말, 매우, 진짜로 퉁치는 건 이토록 다채로운 감각이라는 람보르기니를 주차장에만 세워두는 꼴이다.

스티븐 킹의 《유혹하는 글쓰기》를 보면, 부사를 썼다간 그가 칼부림이라도 할 것 같다. 닭이 울었다고 해야지 '꼬꼬댁' 울었다고 하면 스티븐 킹은 고통으로 몸부림친다. 꾸밈이 없는 글은 담백한 맛이 있다. 청바지에 검은색 터틀넥만 입은 스티브 잡스처럼 세련돼 보이기도 한다. 게다가 스티븐 킹처럼 대가가 부사에 그토록 치를 떠니 쓰면 안 될 것 같다. 그런데 드라이한 와인만 있다면, 미니멀리즘만 있다면, 삶이 얼마나 지겨울까. 한국어에서 특히 발달했다는 그 수많은 의성어와 의태어들을 서랍 깊숙이 넣어둬야 할 이유는 없지 않나. 죄가 있다면 부사가 아니라 게으른 부사에 있다. 현란한 부사를 마구 휘두르며 태양왕 루이 14세 시기 궁전처럼 화려한 문장을 써볼 수 있는 거 아니겠나. 한번 해보고 싶다. 정말, 진짜.

---

tip.
'진짜' '정말' '매우' 없이 묘사해보세요.

또라이들의 선물

자신감을 잃는 순간 유머는 김이 빠진다. 유머는 기세다. 웃기려고 절박해지면 더 안 웃기다. 웃기려면 비위를 맞추지 않으면서 상대방의 기분을 고려해야 한다. 나는 아재 개그가 좋다. 문제는 안 웃기는데 웃게 만드는 압력이지 아재 개그가 아니다. 안 웃기면 안 웃어도 되는 아재 개그에는 죄가 없다. 아재 개그를 하는 상관은 적어도 부하 직원을 재밌게 해주려고 노력한다. 옛날 '국민'학교 교장 선생님들 훈화 말씀은 얼마나 길고 재미없었던지 운동장에 도열한 아이들이 푹푹 쓰러졌다. 그런 '말씀'을 하는 사람은 상대를 위해 아무것도 노력할 필요가 없다. 억지로 듣게 하는 게 권력 아닌가.

웃기는 재주가 없다고 절망하기에는 이르다. 우리 주변에는 항상 '또라이'들이 있다. 일정량의 법칙이 있는 것 같다. 자기 자신이 또라이일 수도 있다. 그런 인물은 글쓰기를 도와줄 귀인이다. 피범벅 공포물의 대가인 스티븐 킹은 자기는 웃기지 않는 글은 쓴 적이 없다고 우긴다. 작은 마을 소년 네 명이 시체를 찾아 떠나는 모험을 그린 단편 〈시체〉(《스탠 바이 미》, 김진준 옮김, 2010)를 보면 제목이 이런데도 그의 주장대로 웃기다. 소년들 캐릭터 때문이다. 한 소년은 자기 집 마당을 파 동전을 숨겨뒀다. 나중에 쓰려고 보니 당최 어디다 숨겼는지 알 수 없다. 너무 소중하게 꽁꽁 숨겼다. 이 소년은 온종일 자기 집 마당을 파고 있다.

'세계에서 가장 유머러스한 여행 작가'라는 빌 브라이슨의 글을 보면, 웃음 분량의 대부분은 그의 동행자가 뽑는다. (인세 절반은 줘야 할 것 같다.) 《나를 부르는 숲》(홍은택 옮김, 까치, 2018)은 그의 애팔래치아 트레일 도전기다. 미국 조지아 주에서 메인 주까지 이어지는 3,500km에 달하는 여정이다. 여러 명한테 같이 가자고 제안했는데 다들 슬금슬금 내뺀다. 딱 한 명이 손 들었는데 하필이면 빌 브라이슨의 집 2층에서 1층으로 내려오는 데도 헉헉거리는 친구다. 그 친구 탓에 빌 브라이슨은 여행 중 여러 번 뒷목을 잡았지만, 이 친구가 나오는 장면마다 빵빵 터진다.

글쓰기 수업에 참여했던 김진명 씨는 바닷가재에 심취한 회사 상무 이야기를 썼는데, 나는 그 상무에게 푹 빠지고 말았다. 진명 씨가 다니는 회사 부장은 사무실 온도를 꼼꼼히 체크

한다. 한파가 몰려와도 히터를 세게 틀면 안 된다. 오후에 해가 깊이 들어올 때는 환기도 해야 한다. 수족관에 사는 바닷가재 때문이다. 상무의 반려 바닷가재는 무려 1,500만 원짜리 귀한 몸으로 상무가 2개월 해외 배송을 기다려 맞이했다. 인간 직원들은 추워도 참아야 한다. 이 상무는 회장 아들이다. 키가 큰 호남형이고 돈도 많다. 명품이나 자동차, 회사 일에는 욕심도 관심도 없다. 자기 도장을 각 팀에 맡기고 알아서 찍으라고 한다. 그의 관심사는 오로지 바닷가재의 안위다. 그렇게 애지중지했는데 바닷가재는 1년 만에 죽었다. 상무는 바닷가재 주검을 끌어안고 있다가 비닐봉지에 싸 냉동실에 보관했다. "박제할 거야." 이 글은 한 인물에 대한 꼼꼼한 관찰기이자 (상무는 바닷가재를, 진명 씨는 상무를 관찰한다.) 사회 고발을 담고 있는 풍자이기도 하다. 신랄하게 웃기다. 갑질을 진지하게 윤리적으로 비판하는 글은 진부하기 쉽지만 이런 상무에 대한 글은 또 읽고 싶어진다. 나는 진명 씨가 이 회사 이야기를 시리즈로 써줬으면 좋겠다.

그의 글은 여기서 끝나지 않는다. 상무는 우리를 실망하게 하지 않는다. 반려 바닷가재의 몸을 영원히 간직하기로 한 그는 이렇게 덧붙였다. "그나저나 너무 아깝네. 이거 되게 맛있는 건데." 모순은 웃기다. 이걸 잡아내면 웃기기 백전백승이다.

40대 직장인 이명환 씨는 웃기려고 하지 않았는데 나는 그의 글을 읽고 웃겨 쓰러졌다. 그는 어느 날 "운명의 장난처럼"

드라마를 요약 정리해주는 유튜브 채널을 만났다. 〈이태원 클라쓰〉 1~4화 요약본이었다. 그는 "5화가 궁금해서 미칠 거 같았다". 넷플릭스에 가입하고 드라마 정주행을 시작했다. 〈갯마을 차차차〉〈봄밤〉〈부부의 세계〉〈뿌담뿌담〉…. "정주행 후유증으로 눈가 다크서클은 깊어가고, 피부는 까칠해지고, 낮 시간 내내 병든 닭처럼 힘없이 처져 있었지만, 도장 깨기처럼 완주의 리스트가 늘어나 뿌듯했다." 이 글의 백미는 마지막 문단이다. "이렇게 드라마를 보며 삶의 희로애락을 모두 체감했다. 바쁜 일상에 미처 관심을 두지 못한 채 지내왔던 가족의 소중함과 그들과 함께했던 추억을 일깨워주었다." 나는 이런 결말은 상상을 못 했다. 새벽까지 드라마 정주행하면 가족과 갈등이 심해지는 거 아닌가? 가족의 소중함을 더 느끼려면 드라마 정주행을 더 해야 할까? 이제까지 서술과 모순인 결론 때문에 나는 그가 사랑스럽다.

예능 프로그램 〈유 퀴즈 온 더 블럭〉에 홍진경이 딸과 함께 출연한 적이 있는데 홍진경은 "40대가 되니 이제야 인생을 어떻게 살아야 하는지 알게 됐다"면서 "내려놓을 수 있게 됐다"고 했다. 그런데 이 말 직전 딸은 홍진경이 요즘 주식에 푹 빠져 산다고 말했다. 사회자 유재석은 이 모순을 짚으며 웃다 눈물까지 흘렸다.

자신을 포함한 '또라이'들에게서 유머를 캐려면 애정을 담아 관찰해야 한다. 관심을 기울여 한 사람의 매력을 찾아내는 게 사랑이라면, 유머는 사랑이다. 천재 개그맨 김신영의 유머가 그렇다. 음식을 쟁반에 이고 온 백반집 이모는 포효한다. "제일 바쁜 여섯 시 반에, 소고기 하나, 불백 하나, 계란말이 누구야? 통일하란 말이야." 손님들이 현금으로 낸다고 하면 말투가 존댓말로 바뀐다. 아무도 이 이모를 미워할 수 없다. 그에게는 사연이 있다. "우리 아저씨가 아파서 누워 있어."

　　목욕탕 세신사가 된 김신영은 먼저 밀어달라는 손님에게 "따블을 준대도 언니가 해초 마사지를 안 하는 이상은" 안 된다고 선을 긋는다. 이 세신사는 "바빠서 밥도 제때 못 먹는다". 김신영이 애정 어린 관심으로 말투, 표정까지 복사해낸 인물들은 유머의 도구가 아니라 사연이 있는 필부필부다. 김신영은 〈유퀴즈 온 더 블럭〉에서 그런 능력을 키우게 된 배경을 설명했다. "아버지 사업이 안 좋아지면서 비닐하우스에서 살아본 적도 있어요. 목포 외할머니에게 맡겨져 전라도 사투리를 배우고, 청도 할머니에게 맡겨져 경상도 사투리를 습득했어요. 이런 조건들이 나한테 온 자양분 같아요. 지금은 아빠한테 큰 감사를 느껴요."

　　유머의 고수들은 눈물로 웃음을 만든다. 여운을 남기는 웃음에는 습기가 배 있다. 자신과 거리두기에 성공한 사람만 구사

할 수 있는 이런 유머는 고통을 견디는 비기이다. 고통을 이야
기하되 듣는 사람은 고통스럽게 느끼지 않도록 한다.

　글쓰기 수업을 들었던 50대 최은하 씨는 쓰리잡을 뛰며 아
들을 홀로 키웠다. 〈N잡러〉란 글에서 당시 상황을 썼는데 슬프
고 웃기다. 낮에는 은행에서 채권 추심을 했다. 밤에는 대리운
전 회사에서 취객들 전화를 받았다. 주말에는 케이블방송국에
서 민원 전화를 받았다. 그 와중에 수영장에서 장내 아나운서로
자원봉사도 했다. 그러다 보니 헷갈렸다. 케이블방송국에서 "대
리운전~", 수영장에서 "경기 번호~" 대신 "대리운전~"이 튀어나
왔다. 그는 당시를 회고하며 "매일 출근하니 월요병이 없어 좋
았다"고 썼다.

　박김영희 장애인차별철폐추진연대 상임대표의 유머도 이
렇다. 한국 장애인 운동사는 이 사람을 빼놓고 이야기할 수 없
다. 이동권 보장, 장애인차별금지법 제정 등 투쟁 현장마다 그
가 있다. 세 살에 소아마비를 앓은 뒤 집에서만 지낸 그가 서른
여덟 살에 독립해 다른 중증 장애 여성 2명과 함께 살던 시절을
들려주는데, 웃기다.

　"밥하는 데 시간이 그렇게 오래 걸려. 겨우겨우 밥 차려서
셋이 딱 앉았어. 그런데 물컵이 없네. 물컵 가지러 가는 데 또
30분 걸려. 우리가 밥 먹으려고 독립했나 그랬다니까."

　2006년 4월 장애인활동보조제도 도입을 주장하며 한강대

교를 6시간 동안 기어 건너는 처절한 투쟁 현장도 그한테 들으면 웃기다.

"다리 올라가자마자 연행될 줄 알고 옷도 얇게 입고 갔는데. 유치장에선 옷이 얇은 게 낫거든. 방송 3사 뜨는 바람에 연행을 안 하는 거야."

이런 유머는 품위를 드러낸다.

고품격 유머는 사회적 약자로 분류된 사람들의 무기다. 동정에는 비윤리적인 데가 있다. 동정 '당하는' 대상을 자신과 동등한 인간으로 보지 않는 시선 때문이다. 동정의 대상은 객체이지만, 웃기는 자는 독립변수이자 분위기를 끌고 가는 주체다. 동정이나 무시 받는 그 지점을 낚아채고 점유해 유머로 바꿔버릴 수 있다. 유머는 여유 있는 사람만 칠 수 있는데 여유는 강한 자의 태도다. 사회적 '약자'는 유머 세계에선 '강자'다. 장애인을 대상으로 삼는 유머는 비장애인이 하면 불쾌하다. "나단이는 어떤 친구예요?" "밝은 친구요." "원래 어두운 줄 알았나 봐?" 한국말에서 검정이 부정적인 의미로 쓰이는 지점을 잡아내 웃기는 이런 '암살 개그'는 흑인인 콩고 왕자 조나단만 할 수 있다. 2019년 영국의 리얼리티 프로그램 〈브리튼스 갓 탤런트〉에서 우승한 개그맨 잭 캐롤은 휠체어를 타는 장애인이다.

"장애 때문에 좋은 점도 있죠. 디즈니랜드에서 줄 서지 않아도 돼요. (그렇게 줄 안 서고 통과할 때면) 누이는 이렇게 말하죠.

'와, 네가 장애인이라 진짜 행복하다.'" 그는 유머가 좋은 까닭을 "약점이 강점이 되기 때문"이라고 말했다.

---

tip.

또라이들은 선물입니다. 모순에 웃음 포인트가 있습니다.

퇴고와 배려

무슨 '것이다'가 이렇게 많은 '것이냐.' 내가 쓴 글을 하루나 이틀 뒤 보면 놀란다. '것'을 쓰면 강조하는 효과가 나기도 하는데 여기저기 다 강조하다 보니 아무것도 강조하지 않은 '것이다.' '것이다'를 남발하는 것은 내 습관인 '것이다.'

퇴고하지 않으면 글이 이렇게 된다. 저마다 자기도 인지하지 못한 채 반복하는 습관이 있다. 문장의 끝이 꼭 명사형이어야 마음을 놓는 사람도 있다. '노을을 보고 그는 기뻤다' 해도 되는데 '그를 기쁘게 한 것은 노을이다'라고 쓴다. 물론 이렇게 써도 된다. 다만, 계속 명사에 서술격조사 '이다'를 붙인 문장이 이어지면, 지겹다. '나는 밥을 먹고, 너는 떡을 먹고, 그는 사탕을 먹고…' 강조나 라임을 맞추려고 의도한 게 아니라면 겹치는 동사 '먹다'를 맨 마지막에 나오는 '먹다'만 빼고 생략하거나 유의어로 바꾸는 게 좋다.

　　기자로 일할 때 내가 쓴 기사를 데스크가 조목조목 짚어가며 '이게 무슨 말이냐?' 물으면 황당했다. '왜 이게 이해가 안 되지? 이 사람 바보인가?' 많이 싸우기도 했는데 쓸데없는 짓이었다. 내가 잘 설명했다고 생각해도 독자가 이해 못 했다면 그걸로 끝이다. 이런 이해의 '격차'는 생길 수밖에 없다. 쓰는 사람 머릿속에는 이미 정보가 가득하다. 그러니 쓰는 사람한테는 다 이해가 간다. 독자는 정보가 없는 상태로 읽는다는 걸 염두에 두어야 하는 것이다. (이 '것이다'는 습관이 아니라 강조하고 싶어서 썼다.) 이걸 깜박 잊어버리면 '10년 전 내가 어릴 때'라고 쓰게 된다. 자기야 자기 나이를 알지만, 독자는 모른다. 어릴 때가 언제를 말하는지 알 수 없다.

　　퇴고는 영원히 계속되는 '두더지 게임' 같다. 때려도 때려도 오류가 계속 나온다. 한국어 맞춤법은 틀리라고 만든 법 같다. 한 번이 딱 한 번일 때는 띄어 쓰지만, 시도를 뜻하면 한 단어라 보고 붙여 쓴다. 어떤 낱말을 한 낱말로 보는지는, 맞춤법 마음이다. 찾아봐야 한다. 주어와 술어 호응이 맞지 않는 문장 등 비문의 씨앗은 누가 나 모르게 내 글에 뿌려두나 보다. 볼 때마다 다시 자라 있다. 어렵게 써넣은 문단 전체를 날려야 할 때도 있다. 그 문단만 보면 그럴싸한데 전체 주제와는 맞지 않을 때는 아프지만 떠나보내야 한다. 퇴고하다 보면 짜증이 솟구친다. 자기 글을 몇 번씩 보면 지루해서 미칠 것 같다. 세 번 정도 퇴고하려면 옆에 토구를 둬야 한다. 퇴고하면서 토하게. 나는 대체로 '이 정도면 설마 다 잡았겠지'라는 선에서 타협하는데 나중에 책으로 묶여 나온 걸 보면 비문과 틀린 낱말이 비웃고 있다.

한정연 소설가의 수업을 들은 적이 있는데 그는 등단작을 쓸 때 퇴고를 100번도 넘게 했다고 했다. 합평에서 지적받고 나면 고치고 또 고쳤다고 했다.《지적 대화를 위한 넓고 얕은 지식》(웨일북, 2020) 시리즈 등으로 300만 부 넘게 판 작가 채사장을 그의 작업실에서 인터뷰했는데, 그는 초보 작가에게 딱 두 가지 조언을 전했다. 자기 안의 질문과 퇴고. 그는 평균 퇴고를 8번 한다. 소리 내어 읽어 거슬리는 데가 없을 때까지 한다. 한 낱말이 두 가지 의미로 해석되지는 않는지, 조사와 서술어를 바꿔보며 어느 게 더 자연스러운지 문장의 운율이 사는지 확인하고 고친다.

"제 책은 중학생부터 노인까지 읽으니까요. 독자에 대한 예의라고 생각해요."

그냥 이렇게 믿는 게 좋다. 일필휘지로 명작을 쓰는 일은 이번 생에서 일어나지 않는다. 단번에 완벽한 문장은 나오지 않는다. 완벽한 문장을 한 번에 쓰려다가 한 문장도 못 쓰는 수가 있다.

　　가장 좋은 방법은 합평이다. 남에게만 보이는 것이 있다. 비문이나 습관, 정보가 없는 사람이 읽으면 헷갈리는 부분들은 남이 나보다 잘 발견한다. 그 사람이 필자보다 잘나서가 아니다. '남'이라는 새로운 시선이기 때문이다. 이런 지적은 감사하며 받고 고쳐야 한다. (막상 받아보면 고맙지는 않다.) 글쓰기 의지마저 꺾어버리지는 않으면서 직언해줄 사람이 곁에 있다면 신이 당신도 귀여워한다는 뜻이다. 그런 사람이 없다면 시간이 그 역할을 한다. 쓰고 나서 바로 보면 오류가 안 보인다. 뇌가 자동으로 오류를 고쳐 정보를 입력한다. 한두 시간 다른 일을 하거나 자고 일어나서 보면 '두더지'들이 튀어 올라와 있다.

　　"글쓰기가 너무 어려워요." 그런 말 자주 듣는다. 나도 많이 한다. 무슨 영화를 누리려고 머리카락을 이토록 쥐어뜯고 있나. 그런데 글쓰기가 어려운 건 당연하다. 겨울이 춥고 여름이 더운 게 당연한 거처럼. 자기 힐링을 위한 글이야 어떻게든 써도 좋다. 독자를 상정한 글이라면 타인에게 다가가기 위해 '노오오오오력'할 수밖에 없다. 내가 믿는 세계는 내 시선으로 구축한 것이다. 타인은 그들이 구축한 세계 속에 산다. 내가 보낸 메시지를 그는 완전히 다르게 해석할 수 있다. 소통은 이룰 수 없는 꿈 같은 것일지도 모른다. 글쓰기는 그런 불가능할 것 같은 꿈을 꾸며 다른 세계를 향해 보낸 내 인기척 아닌가. 그러니 쉬우면 되레 이상하다. 어려우면 안 하면 되지 왜 할까? 사람은 연결 없이는 살 수 없으니까.

타인의 마음에 닿으려고 노오오오오력하기 어렵다면 예의라도 지켜야 한다. 예전에 나는 예의를 하찮게 여겼다. 중요한 건 형식이 아니라 내용이라고 우겼다. 무례를 개성이라고 착각했다. 지나고 보니 형식은 중요하다. 예의는 서로 인간으로 존중하기로 정한 약속이다. 그 약속을 함부로 깨면 상대는 모멸감을 느낀다. 연애편지를 일필휘지로 쓰는 사람은 없다. 타인에게 가 닿고 싶은 마음이 간절하면 사금파리를 채취하듯 단어를 고르고 고른다. 낱말이 오해를 불러일으킬 가능성을 일일이 점검한다. 너무 직설적이면 부담을 느낄까, 너무 돌려 말하면 못 알아들을까 지웠다 쓰고 지웠다 쓴다. 퇴고하는 태도에는 읽는 사람을 향한 존중이 배어 있다. 퇴고는 예의다.

글쓰기 공부에 천만 원 썼다는 필명 '주드' 씨가 쓴 〈7년 동안 글쓰기하고 성격 개조한 썰〉이란 글의 내용은 이렇다. 그는 글 실력이 늘지 않는 답보 상태에서 답답하던 중 힙합 저널리스트가 운영하는 글쓰기 모임에 가입했다. 이 모임이 큰 도움이 됐단다. 힙합을 사랑하는 사람들답게 '직설화법이 난무하는 곳'이었다. 그는 "문단과 문단이 잘 연결되지 않는다"는 지적을 많이 들었다. 1년 넘게 비슷한 지적이 이어졌다. 그는 이 단점이 잘 고쳐지지 않은 이유를 고민했다.

"글쓰기는 커뮤니케이션하는 방식을 그대로 보여주는 도구다. 즉 글쓰기 피드백은 내 성격에 대한 피드백이었다. 내가 7년 동안 글쓰기를 통해서 얻은 점은 모르는 사람의 입장을 생각하는 연습, 상대방이 느끼는 것에 대한 상상력이다. 글쓰기는 타인의 입장을 고려하는 연습을 하기에 가장 좋은 도구다. 그리고 나를 잘 알게 해주는 도구이기도 하다."

---

tip.

글을 덮고 다른 일을 하다 다시 보면 오류들이 눈에 잘 띄어요.

내 인생에 대한 긍정

온라인쇼핑몰을 운영하는 50대 한종철 씨는 10년 전부터 글쓰기 책을 10여 권 샀다. 글쓰기에 미련이 남아 그랬다. 그는 원래 글을 잘 썼다. 초등학교 3학년 때는 담임이 특별히 칭찬했고 4학년 때는 전교생 앞에서 상도 받았다. 그러다 글쓰기를 6학년 때 접었다. 한 군부대를 방문한 뒤 쓴 글 때문이었다. 교사는 그에게 "글을 그렇게 쓰면 안 된다"고 했다. "이렇게 쓰면 주최 측에서 좋아하겠니." 그는 초소 여기저기 버려진 쓰레기에 대해 썼다. 자신이 보고 느낀 대로 썼는데 그러면 안 된단다.

그 이후로 그는 글을 쓸 수 없었다. '내 이야기 하나쯤' 수업 때 그는 그때 일에 대해 이렇게 썼다. "자기 검열이라고 할까? 생각하는 바를 자연스럽게 풀어내 쓰는 것이 아니라 글을 읽는 누군가를 먼저 의식해서인지 생각이 앞으로 나가질 못했다." 십수 년 글과 관련 없는 일을 해온 그는, 노안과 함께 글쓰기로 돌아왔다. "글을 쓰면 내 생각이 깊어지고 다른 사람들 생각도 엿볼 수 있어서인 거 같다."

한 40대 여자는 중학생 아들을 키우는 엄마이고 연봉 높은 로펌에 다니는 직장인이다. 그는 빵 한 쪽 후딱 먹고 퇴근하자마자 글쓰기 수업에 왔다. 첫 시간부터 선언했다. "저는 가족에 대해서도, 직장에 대해서도 쓰고 싶지 않아요. 저는 오직 방탄소년단의 아름다움에 대해서만 쓰고 싶어요." 당시 같이 수업에 참여한 10명은 그의 글 때문에 모두 방탄소년단 팬이 됐다. 우울에 허우적거리던 나도 두세 달 동안 방탄소년단의 〈Not Today〉를 들으며 "그래 언젠가 죽겠지만 오늘은 아니지"라며 아침에 일어났다.

우리는 느끼고 감각하고 생각한 것을 표현하려고 쓴다. 그게 돈이 되는 것도 아닌데 왜 중요한가? 심리학자 에리히 프롬은 그런 표현으로 자신을 실현하는 게 삶의 목표라고 했다. 그는 《자유로부터의 도피》(김석희 옮김, 휴머니스트, 2020)에 이렇게 썼다.

"자기가 자기가 아닌 것처럼 부끄러운 일은 없으며, 자신의 것을 생각하고 느끼고 이야기하는 것보다 우리에게 자부심과 행복을 주는 것도 없다."

이 문장을 사랑하고 이보다 잘 쓸 자신이 없기에 직접 인용한다. 그러니까 내가 나를 내 방식대로 표현할 수 있는 한, 이 삶은 내 거다. 그렇게 생각하면 잠시일지언정 아무것도 부럽지 않다. 우리는 자신이 되려고 글을 쓴다.

《자유로부터의 도피》는 이런 질문에서 시작했다. 근대가 열리며 신의 속박에서 벗어난 인간이 왜 자유와 존엄을 내던지고 파시즘의 권위에 복종했나. 자유와 존엄의 전제조건은 개별자로 서는 것이다. 무서운 일이다. 자기 존재에 대한 회의와 고립감은 고통이다. 자유나 자존을 버리고 권위에 의존해버리면 여기서 쉽게 벗어날 수 있다. 자유로운 고립이냐 복종하는 합일이냐 꼭 둘 중 하나만 선택할 수 있나? 프롬은 자유로운 개별자이면서 고립되지 않을 수 있는 유일한 방법은 '사랑'이라고 했다.

글쓰기 수업에서 만난 글들에는 사랑하는 사람들이 있었다. 30대 직장인 우혜지 씨는 아버지에 대해 썼다. 혜지 씨의 아버지는 시골에서 태어나 서울 성수동에서 구두 공장을 오래 했다. 상추, 방울토마토, 부추, 깻잎, 파, 구피, 소금쟁이, 달팽이, 소라…. 집에서 생명을 키우는 게 취미인 아버지는 요즘 애완새우에 빠졌다.

"한밤중에 화장실에 가려고 방문을 열고 나오면, 아빠가 어린아이처럼 물멍을 때리고 있는 날이 많았다.

'새우들이 다 똑같이 보여도, 자세히 들여다보면 모두 달라. 색도 다르고, 등이 굽은 정도도 달라. 그리고 성질이 급해서 마구 날뛰는 새우가 있는 반면, 천천히 여유를 즐기는 새우도 있고, 가만히 쳐다보면 얼마나 재미있는데….'

나는 주로 퇴근하면 방전된 에너지를 충전하기 위해 침대 위를 벗어나지 않는다. 거실에서 가끔 아빠의 흥분된 목소리가 들리면 궁금증을 참지 못하고 방문을 빼꼼 열어본다. 그럼 아빠는 아이 같은 미소를 지으며 흥분한 목소리로, '여기, 또 있어! 새끼 또 낳았어!'라며 애완새우 새끼의 탄생에 기뻐한다. 나는 아무리 쳐다봐도 도무지 새끼인지, 밥인지, 똥인지 구별할 수 없는데…. 큰 돋보기를 들고 온종일 어항을 들여다보는 아빠는 구분할 수 있는 모양이다.

새끼 새우를 발견하면 아빠는 바빠진다. 뜰채를 들고 새끼를 건져내기 위해 초집중하는데, 물고기와 새끼 새우를 제때 분리하지 못하면 물고기들이 금세 잡아먹기 때문이다. 한 손에는 돋보기를, 또 한 손에는 뜰채를 들고 '이리와~ 여기로 와'라며 살살 물을 헤집는 아빠의 모습이 귀엽기도 하고, 신기하기도 하다. 오늘도 아빠는 쿰쿰한 가죽 냄새를 풍기며, 한 손에는 돋보기를 또 한 손에는 뜰채를 들고 애완새우를

에필로그

구하기 위해 바쁘다."

애완새우, 애완새우를 바라보는 아버지, 아버지를 바라보는 혜지 씨가 사랑스럽지 않은가?

부록

우리들의 이야기

'내 이야기 하나쯤' 글쓰기 수업에서 혼자 읽기 아까운 글들을 수두룩 만났다. 그중 일곱 편만 골랐다. 내밀한 사정을 털어놓은 글은 필자가 공개를 꺼려 했다. 회사나 상사에 대해 쓴 글은 소개했다가 필자에게 불이익이 갈까 뺐다.

낭만에 대하여

박상옥

영화 〈눈먼 자들의 도시〉의 한 장면이다. 모두가 눈이 멀어버린 도시, 어딘지도 모르는 곳으로 폐기되듯 내던져진 채 절망에 빠진 사람들, 그들 속에 앉아 있던 한 노인이 주머니에서 작은 라디오를 꺼낸다.

　"어쩌면 음악이 필요하겠군요."

　절망 사이로 루이스 봉파의 노래 〈삼볼레로(Sambolero)〉가 흐른다. 기타 연주에 맞춰 남자의 허밍이 가볍게, 부드럽게, 친숙하게 흐르면서 사람들은 안식을 찾는다. 나는 이 장면에서 '낭만'을 봤다. 이성의 작동을 멈추면 비로소 보이는 자유와 안식이라고 할까. 나에게도 영화가 아닌 현실에서 경험한 '낭만'적인 순간이 있다. 30년이 훌쩍 넘는 세월 속에서도 아주 가끔 찬란하게 빛을 내는 기억이다.

    살인

    살인

    살인미수

    살인미수

    사기

    사기

    교도관이 철문 열쇠 구멍을 맞추는 짧은 순간에 문 옆에 붙어 있는 문패를 빠르게 읽어내는데 겁이 더럭 났다. 구치소장이 좀 전에 했던 말이 공갈은 아닌 모양이었다.

    "너 같은 악질은 혼이 나봐야 돼. 무시무시한 방에 넣어줄게."

    교도관의 지시로 슬리퍼를 들고 방에 들어갔다. 희미한 백열등 아래 주르륵 펼쳐진 녹색 삼단요, 그 위에서 수십 개의 눈이 나를 쳐다보고 있었다. 회색 수의를 입은 여자들 속에서 나이가 지긋한 노인네가 눈에 들어왔다. 나와 눈이 마주치자 말없이 손으로 문 앞을 가리켰다. 거기가 내 자리인 모양이다. 일단 다소곳이 앉는데 사람들이 조용히 모포를 덮고 누웠다. 이내 불이 꺼지고 나는 두려움보다 무거운 피곤 덕분에 금방

곯아떨어졌다.

다음날 점호 소리에 일어나 앉았을 때에야 천천히 방 안 풍경이 들어왔다. 비닐로 된 창문으로 3월의 햇살이 들어왔다. 구석에 놓인 화장실 역시 비닐로 된 문이어서 안에서 일을 보는 사람의 움직임이 훤히 들여다보였다. 한쪽 벽면에 걸린 선반 위에 가지런히 세면도구들과 식기들이 정렬해 있고 빨랫줄에는 색색의 수건들이 걸려 있었다.

나중에 알았지만 감방에서 수건은 여러모로 쓸모가 있다. 실오라기를 계속 뽑다 보면 얇고 보드라운 면만 남는데 손수건으로 손색이 없었다. 수건에서 뽑아낸 색실들은 화려한 꽃으로 변신하여 수감자들의 머리핀이 되었다. 사람들이 재판장에 들어오는 내 모습을 보고 돌았나 싶어 기함했다고 한 바로 그 노란색 꽃 핀도 그렇게 만들어진 거다.

햇살에 반짝이는 플라스틱 식기들, 벽에 걸린 수건들, 거기에 두런두런 사람 소리까지 얼마나 정겨운지 자꾸 방바닥에 누워 뒹굴고 싶어질 정도의 안도감이 들었다. 하지만 마음 한편에는 어젯밤 훑은 죄명들이 불안했다. 이 작은 방에 나를 포함해 열네 명이 수감되어 있는데 무려 여덟 명의 죄목이 살인이고 나머지는 사기였다.

저 중에 누가 살인범일까? 사기꾼 얼굴은 좀 다르지 않을까? 며칠 지나서 알게 되었는데 이 방에는 지방에서 1심 선고

받고 항소한 미결수들이 많았다. 유독 살인 죄목이 많은 이유도 그래서였다. 모두 항소이유서를 쓰고 재판 날을 기다리며 날짜를 지워가는 중이었다.

좁은 방 안에서 스물네 시간을 붙어 있는 사람들 사이에는 끊임없이 대화가 오갔다. 간간이 농담이 오가고 박장대소의 웃음소리까지 방 안에 흩어졌다. 스피커에서 나오는 주현미의 〈짝사랑〉에 맞춰 몇 사람이 일어나 가볍게 스텝을 밟는 진풍경도 볼 수 있었다. 하지만 하루 한 번씩은 쌍욕이 오가는 쌈박질이 벌어지는 곳이기도 하다.

애인과의 동반 자살에서 혼자만 살아나 살인 죄목으로 들어온 여자는 해 질 녘이면 애인의 이름을 부르며 절규했다. 친구를 죽이고 들어와 다섯 살 아들을 그리워하는 여자는 일주일이 지나서야 말소리를 들을 수 있었다. 남편의 전 부인이 낳은 어린아이를 실수로 죽이고 들어온 여자는 나처럼 스물일곱 살이었다. 그에게는 속옷을 살 영치금도 없었다. 매주 토요일 면회 오는 어린 아들에게 이곳이 공장 기숙사라고 둘러대고는 6개월째 들어와 있는 사기범 아줌마는 순박하기 그지없는 얼굴을 했다.

5월이 되자 구치소 담장 한쪽은 붉은 장미꽃 넝쿨이 뒤덮었다. 그 붉은색이 얼마나 느닷없었는지 처지를 잊고 나른한 환각에 빠질 정도로 자극적이었다. 살인범도 사기꾼도 그 작은 꽃을 향해 웃었다. 순진하고 환한 웃음이었다.

　그즈음 나는 단식농성으로 하루 30분의 금쪽같은 운동 시간에도 방에 누워 있어야 했다. 운동을 하고 들어오는 사람들을 부러운 눈으로 바라보고 있는데 순간 나는 소리를 지를 뻔했다. 사기범 아줌마가 가슴팍 수의 속에서 장미 한 송이를 꺼내 내미는 것이었다. 회색의 수의 속에서 빨간색 장미를 꺼내드는 그분의 손짓은 흡사 마술을 부리는 것 같았다. 행여 교도관에게 들키기라도 하면 어떤 처분을 받을지도 모르는 행동이었다. 가슴이 두근거렸다.

　다음날에는 더 놀라운 일이 일어났다. 운동을 끝내고 들어오는 사람들 중에 내 방을 지나는 누군가 머리맡으로 장미 한 송이를 던졌다. 그리고 이어서 몇 개의 장미가 툭툭 던져졌다.

　당황스러워하는 나와 눈이 마주친 누군가가 익살스럽게 윙크했다. 가슴이 벅차올랐다. 다발을 만들 수 있을 만큼의 장미들이 미친 것처럼 붉은빛을 내고 있었다.

　나와 몇몇 사람들이 5.18 관련 단식농성을 하는 바람에 매일 저녁 구치소가 시끄러웠다. 취침 시간에 맞춰 구치소가 떠나가라 재미도 없는 연설을 해댔다. 그때마다 교도관들이 몰려와 실랑이를 벌이느라 다른 수감자들의 취침 시간이 지연되었고 나는 수감자들의 눈치를 보는 중이었다.

　일반 수감자들의 처지에서 세상도 모르는 순진한 이미지

의 운동권이 외치는 정치적 구호에 동조했을 리는 없다. 그보다는 열흘 가까운 단식에 매일 교도관들의 곤봉에 위협당하는 어린애에 대한 보호 같은 심정이었을지 모른다. 그 무엇이었든 수감자의 처지에서 민감한 분란에 개입하거나 마음을 보태는 일이란 어려운 일이다. 구치소 담벼락에서 가시 달린 장미를 꺾고, 고이 수의 속에 품고 들어와 교도관의 눈을 피해 던지기를 감행하기까지 그분들이 느꼈을 두근거림, 설렘을 뭐라고 명명해야 할까?

어쨌든 나는 열흘의 단식농성에도 징벌방에 끌려가지 않고 무사히 남은 기간을 마치고 나왔다. 스스로 몸을 통제하고 사람과의 거리에 예민한 요즘의 시절을 살면서 낭만의 작은 라디오와 붉은 장미가 자주 그립다.

대안학교 선생님인 60대 박상옥 씨가 노동운동을 하던 시절을 회상하며 쓴 글이다. 이 글을 읽으면 머릿속에 감방 풍경과 그곳 사람들이 그려진다. 수건에서 뽑아낸 색실로 머리핀을 만들고 주현미 노래에 춤추는 디테일과 각각의 사연이 살아 있어 이곳 사람들은 한 묶음의 죄수가 아니라 한 사람, 한 사람으로 다가온다.

이 글의 주제는 '연대'일 텐데 그 추상명사를 뭉클한 사건으로 풀어냈다. 장미가 쌓이는 부분에서 울컥했다. 나는 영화 〈눈먼 자들의 도시〉의 한 장면보다 상옥 선생님이 그려낸 이야기가 더 재밌다. 나라면 1, 2 문단을 들어내고 바로 상옥 씨의 경험으로 들어갔을 것 같다. 제목은 두루뭉술한 '낭만에 대하여'보다 좀 더 구체적인 것이었다면 어땠을까?

나에게도 신이 머물렀던 순간

: 나의 이웃사촌 할머니

성미경

할머니가 문 앞에 앉아 계신 걸 못 본 지 꽤 되었다. 며칠 동안 아들 집에 갔겠거니 했다. 계단을 오르다 안을 들여다보니 장독 자리가 몇 개 비었다. 할머니 집 알루미늄 새시 문틈에 풀이 자라고 있었다. 사람 빈자리를 풀이 귀신처럼 알아차린다. 이사를 하셨나. 아니면 요양원으로 가셨나. 구순이 다 된 할머니의 행방이 궁금하다. 같이 산다는 손자는 거의 본 적이 없다. 할머니는 거의 혼자 사는 거나 마찬가지였다. 이곳에 10년 넘게 살면서 이웃이라고는 할머니뿐이었는데 어디로 가셨을까.

우리 집 주위에는 주택보다 100평 미만의 가내 수공업 공장이 더 많다. 낮에는 사람 소리보다 기계 모터나 그라인더 소리가 요란하고 밤이 되면 불 꺼진 공장에서 에어 빠지는 소리가 가끔 들린다. 우리 집과 싱크 공장 사이, 여기저기 휘어진 갈색 알루미늄 새시 문을 단 집에 할머니가 살고 있다. 삭막한 이곳에서 할머니와 나는 안 어울리지만, 이웃이 될 수밖에 없었다.

이사 온 지 얼마 되지 않았을 때는 할머니에게 인사만 건넸다. 할머니는 집으로 들어가는 나에게 자주 말을 거셨다. 시시콜콜 그날 있었던 일을 이야기했다. 밭에 다녀온 얘기며 인근 아파트에 채소 팔다 힘들었던 얘기도 했다. 할머니를 잘 몰랐을 때는 내가 이렇게까지 할 필요가 있을까, 듣고 있는 내가 참 한심했다. 그러면서도 할머니가 말을 야무지게 하실 때는 조금 귀엽기도 했다. 속으로 어지간히 심심했나 보다 했다. 누구라도 붙들고 이야기해야 살아 있음을 확인하는 것처럼. 그렇게 해서 할머니가 시의 보조금으로 생활한다는 것도 알게 되었다. 할머니 집에 뭔가 작동이 되지 않으면 우리 집으로 오셨다. 가끔은 가스가 끊기거나 생활비가 떨어질 때 돈을 빌리러 오기도 했다.

산책 나가다 불 꺼진 새시 문을 멍하니 보게 된다. 순간 할머니가 없다고 생각하니 그동안 할머니가 내게 했던 말이 떠올라 속이 묵직하고 뜨거워진다.

"니 어디 가노, 가게 가나? 지금 며칠이고? 요새는 날을 모르겠다. 내가 돈이 없는데 니 좀 있나? 가스가 안 된다."

그뿐이 아니다. 시어머니가 수술하시고 우리 집에 와 계실 때도 "니 잘 생각했다. 우리 며느리는 내 허리 수술했을 때 딱 잘라 못 한다 하더라. 너거 시어마씨는 복 받은 기다. 너거 아들은 니 닮아서 내한테 인사도 잘한다"고 하셨다. 할머니는 내가 듣고 싶은 말을 어쩌면 그렇게 잘하셨는지.

내가 할머니를 챙겨주면서 보살핀다고 생각했던 건 내 착각이었다. 거절하지 못해 힘든 일 떠안고 '나는 왜 이럴까' 속으로 자책하곤 했는데 툭툭 던진 할머니의 말이 그런 나한테 '잘하고 있다'고 토닥였다. 드라마 〈도깨비〉에서 누구의 인생이건 신이 머물다 가는 순간이 있다고 한다. 신이 있다면 아마도 살아 있는 누군가의 모습이 아닐까.

당신이라면 이 글을 어디서 끝내겠나? '홀로 사는 이웃 할머니가 사라져서 마음이 쓰인다'에서 끊을 수도 있다. 그 할머니가 도움을 청할 때마다 속으로 짜증 냈던 걸 기억하며 자책하는 데서 마무리 지을 수도 있다. 50대 방과후교사 성미경 씨는 생각을 더 밀고 나간다. 실은 할머니가 필자에게 도움을 줬다는 데 다다른다. 이웃 할머니 한 사람 이야기에서 삶에 대한 통찰로 넘어간다. 마지막 문장이 깊은 여운을 남긴다. 주제가 빈약하면 미사여구로 감출 수 없다. 온갖 글쓰기 테크닉이 무의미하다. 자신에게 '왜' '어떻게' '그래서'를 계속 질문해야 쓸 만한 주제에 다다를 수 있다.

미샤

김민영

미샤를 만난 건 스물세 살 여름, 독일에서였다. 우리는 옛 동독 지역에서 열린 봉사활동 캠프 참여자였다. 그곳에서 우리는 독일 분단 시기에 설치된 철조망을 보수하는 활동을 했다. 분단의 아픔을 느끼며 다시는 이런 비극적인 일이 일어나지 않아야 한다는 분연함…은 적어도 나에겐 없었다. 이 캠프의 매력은 30만 원에 30일간의 숙식을 해결해주는 것이었다. 비행기 값이 불포함이었으므로, 머나먼 아시아에서 온 사람은 나 포함 3명이었다. 나머지 10명 남짓은 인근 유럽 국가에서 온 아이들이었다.

미샤의 정식 이름은 미하일 네트레 어쩌고였다. 성이 너무 어려워서 아무도 발음하지 못했다. 그는 담담한 얼굴로 그냥 미샤라고 불러달라고 했다. 가족들이 모두 자신을 미샤라고 부른다는 설명을 덧붙였다.

　　미샤는 말수가 적었다. 영어는 잘했지만 꼭 필요한 일이 아니면 입을 열지 않았다. 그 애는 늘 캠프원들과 한 발짝 떨어져서 카메라를 들고 무언가를 찍고 있었다. 그건 맥주를 마시며 떠드는 캠프원들일 때도 있었고, 프랑스에서 온 기욤이 아침마다 반 통씩 먹어 치우느라 부엌 창가에 잔뜩 쌓인 누텔라 통일 때도 있었다. 또 숙소였던 마을 회관 앞에서 고양이를 쓰다듬는 내 뒷모습일 때도 있었다. 나는 그 사진이 퍽 마음에 들었다. "미샤, 고마워." 미샤는 대답 대신 씨익 웃었다. 작고 뾰족한 송곳니가 슬쩍 보였다 사라졌다. 그런 미샤가 꼭 고양이 같다고 생각했다. 노란 더벅머리를 하고서 저 멀리서 사람들을 관찰하다가 한 번씩 기웃대는, 작고 뾰족한 송곳니를 가진 노란 털 고양이.

　　마을 파티에 초대받은 어느 날이었다. 분단국가 코리아에서 왔다는 이유로 넘치는 관심과 넘치는 맥주를 받아 지쳐버린 밤이었다. 관심과 맥주에 취해 나는 간절하게 숙소로 돌아가고 싶었다. 캠프장인 막스에게 숙소로 돌아가고 싶다고 했더니 잠시 망설이는 기색을 보였다. 여자애 혼자 밤길을 15분간 걷게 하는 건 좀 아닌 것 같지만 이 파티를 떠나고 싶지도 않은 것 같았다. 그때 구석에서 노란 털 고양이, 미샤가 나타나 조용히 앞장을 섰다. 미샤와 단둘이 밤길을 걸었다. 어둑하고 조용한 밤에 그 애의 금색 머리카락만이 빛났다. 고맙다는 내 말에 미샤는 또 슬쩍 웃었다.

서로 자기 나라를 소개하는 날이었다. 나는 한글로, 아이짱은 히라가나로, 미샤는 키릴 문자로 캠프원들의 이름을 써 주었다. 누군가가 가볍게 질문을 던졌다. "미샤, 너는 러시아어 할 수 있어?" 미샤의 표정이 잠깐 굳었다. "우리나라 말이랑 러시아어는 유사한 점이 많아. 그래서 서로 이해할 수는 있어. 하지만 우리나라 사람들은 러시아 사람을 무척 싫어해. 우리에게는 좋지 않은 역사가 있거든." 미샤는 우크라이나 사람이었다.

우크라이나-러시아 전쟁이 일어났다는 뉴스를 들었을 때 제일 먼저 미샤가 생각났다. 말이 없던 그 애가 처음으로 그렇게 길게 말하던 모습이 떠올랐다. 항상 느긋한 말투였지만 러시아에 대해서 말할 때만큼은 강한 어조였다. 노란 털 고양이 미샤가 맞나 싶을 정도로.

독일에서 미샤를 만나고 10여 년이 지났다. 최근까지 미샤에 대한 기억도 잊어버린 지 오래였다. 전쟁으로 미샤를 떠올리게 되어 유감이다. 정말이지 이런 일로 떠올리고 싶지는 않았다. 미샤가 우리 모두의 점심으로 뚝딱 만들어주었던 닭다리 구이, 또는 그 애가 찍어주었던 사진, 밤길을 혼자 걷게 내버려두지 않았던 친절로 그 애를 떠올리고 싶었다.

우크라이나 남성들의 출국을 금지하고 징병한다는 뉴스를 봤을 때 나는 미샤의 현재를 상상했다. 미샤는 나보다 한 살 어렸다. 이제 그도 30대 중반, 새로운 가족을 꾸렸을지도 모른다. 어쩌면 사진 관련업에 종사하고 있을지도 모른다. 늘 카메라를 쥐고 있던 손에 이제 무기가 들려 있을까.

캠프 마지막 날, 모두가 떠날 준비로 분주하게 짐을 싸던 아침이었다. 미샤가 나를 살며시 불렀다. 독일 함부르크에 사는 삼촌 부부가 그 애를 데리러 왔다고 했다. "See you, Minyoung." 미샤는 헤어짐을 뜻하는 good bye보다 곧 또 만나자는 의미의 see you로 인사했다.

See you, Misha. 부디.

숫자는 감정을 일으키기 힘들다. 남의 나라에서 수천 명이 숨졌다는 소식보다 내가 아는 이웃 한 명의 고통이 더 절절하게 다가온다. 상대가 각각의 역사와 특징을 지닌 한 존재로 느껴져야 공감이 일어난다. 30대 프리랜서 번역가인 민영 씨의 글을 읽으며 나는 미샤를 만난 것 같았다. 그는 미샤의 행동을 세세하게 소개한다. 고양이 비유는 그의 성격과 외모를 아우른다. 이 비유를 읽자마자 미샤의 얼굴이 떠오른다. 이제 미샤는 내게 남이 아니다. 그래서 마지막 필자가 "See you, Misha" 할 때 함께 빌게 된다.

커피를 편하게 마실 수 있기까지

국어 교사는 수업 시간에 나를 지명한다. 나는 교과서에 수록된 단편소설을 외우는 재주가 있었다. 더 나은 딸이 되고 싶은 소망은 교과서를 외울 만큼 공부해도 이루어지지 않았다. '더 나은 나' 앞에서 '현재의 나'는 계속 부족할 수밖에 없었다. 내가 현재의 나인 것에 죄책감이 들었다. 교과서들을 더 외웠고 원하는 학교에도 합격했다. 그럼에도 '더 나은 나'가 되려는 시험에서는 언제나 불합격이었다. 이 실패는 더 나은 내가 되도록 더 노력해야 하는 이유가 되었다. '더 나은 나'가 되기 위해 나를 많이 들여다보았다. 확실하게 더 나아질 부분을 찾았다.

러닝머신에 기대어 발을 끌며 걷는다. 원색 옷을 입은 체

육관 트레이너는 근육 운동을 권하며 유산소 운동은 그만두라고 설득한다. 트레이너의 걱정스러운 얼굴을 보며 167cm는 43kg은 되어서야 말라 보이는구나 생각하며 러닝머신 속도와 경사를 높인다. 산부인과에 가면 왠지 주눅이 든다. 의사는 다이어트 중인지를 묻는다. 저체중을 무월경의 원인으로 진단한다. 스물다섯 살에 생리할 수 없을 만큼 말랐다는 인증 같아 기분이 좋다. 데쳐서 물기를 짜낸 시금치, 마구 뜯은 양배추 한 줌을 싱크대에 서서 먹는다. 씹을 틈도 없이 배가 고프다. 어제는 아무것도 먹지 않는 데 성공했기 때문이다. 식욕을 조절하지 못한 오늘의 패배를 만회하기 위해선 걸어야 한다. 걸어서 3시간쯤 걸리는 집에서부터 학교까지, 4차선의 한남대교를 걸어 한강을 넘는 이는 나 하나뿐이다.

　　그날도 실패였다. 삶은 단호박 몇 조각과 토마토 한 개다. 한남대교 위 매연과 소음은 식욕 조절에 실패한 나에게 적합한 징벌이다. 나는 벌을 받는 것이 당연하다고 생각했다. 열량 때문만은 아니다. 아직도 나는 더 나아진 내가 아니기 때문이었다. 힘들었다. 매연과 소음 때문만이 아니었다. '더 나아진 나'는 과연 어떤 건지 점점 알 수 없어서였다. 잘 살고 싶은 마음이 너무 무거워 살고 싶지 않았다. 열량과 소비 칼로리를 계산하며 생각을 지웠다.

　　자책과 자기 심문을 하면서 3시간을 걸어 집에 도착해 현관문을 열었다. 그 안의 풍경 때문에 당황했다. 엄마는 침대에 누워 라디오를 듣고 있었다. 엄마는 많이 편안하고 태평해 보이기까지 했다. 화가 치밀어 올랐다. 체중 관리까지 완벽한 사람이 되려던 것이 모두 엄마 아빠 때문이라는 생각이 들었기 때문이다. 그런 엄마의 태평한 모습은 무신경하다 못해 잔인해 보였다. 다 소용없어 보였다. 나 자신, 엄마, 아빠, 체중, 학교가 다 뒤섞여 모두가 일그러져 보였다. 화를 내고 싶었다. 하지만 나는 현관 바닥에 무릎이 꺾여 주저앉아 말했다. "엄마… 나 힘들어." 중학교 때 교과서를 외우는 것이 힘들었다. 용기를 내 투정했었다. "엄마, 나는 공부를 하면 우울해." 그때 엄마는 애호박전을 부쳐주었다. 10년쯤 뒤의 엄마는 빵가루가 두껍게 입혀진 새우튀김을 사주었다. 새우튀김을 다 먹었다. 이제 한남대교를 건너는 것으로는 부족했다.

친구에게 전화를 걸어 아이스크림 한 통만 먹으면 안 되냐고 사정한다. 친구는 허락받을 일은 아니라면서도 안 먹었으면 좋겠다고 한다. 더이상 식욕을 통제할 수 없게 된 나는 친구에게 무엇을 먹을지 상의했다. 나중에는 빌었다. 아주 많이 먹고 싶었다. 아이스크림을 먹을 수 없는 나는 미술 전시를 보러 간다. 전시장이 모여 있는 인사동에서 나는 작품 대신 더 유혹적인 것을 발견한다. 이에 들러붙을 만큼 단 약과와 튀긴 과자들이 비닐봉지에 담겨 진열되어 있다. 그 투명하게 반짝이는 비닐봉지를 안으면 포근할 것 같다. 과자 가게의 주인에게 '더 나은 나'로 보이기 위해 외국인 친구들에게 나눠줘야 한다며 두 팔로 안을 수 있을 만큼 과자를 산다. 집으로 들고 갈 여유는 없다. 눈에 보이는 건물의 계단에 선다. 기름과 설탕에 절은 약과와 튀김과자를 입에 밀어 넣는다. 아무 소리가 들리지 않는다. 잠시의 평화다. 그러나 그 평화는 금방 깨진다. 단 음식을 한 번에 많이 먹으면 삼투압으로 입안이 터진다. 피 맛이 비릿하다. 상처를 혀로 만져보며 봉투를 내려다본다. 과자에게 나에게 결국엔 엄마 아빠에게 화가 난다. 다 엄마 아빠 때문 같다. 과자가 담긴 봉투를 쾅쾅 밟는다. 짓이긴다. 인사동의 전통찻집으로 올라가는 나무 계단 위에서 튀긴 과자가 부서지는 소리와 비닐봉지들이 구겨지는 소리는 시끄럽다.

"왜 우세요?"

정신과 의사 앞에서 더 나은 내가 되고 싶었는데 그럴 수 없어 울었다. 고작 식욕에 휘둘렸다는 사실이 서러워 울었다. 나는 '더 나은 나'가 되기 위해 한강을 건넜다. 아무리 걸어도 '더 나은 나'는 되지 못했기에 먹고 싶은 걸 다 먹었다. 결국 굶는 것도 먹는 것도 '더 나은 나'가 되지 못하게 했다. 식욕과의 싸움으로 내 삶이 무너졌다. 엄마 아빠와 누구인지 알 수 없는 모든 이에게 더 나은 내가 되고자 했던 마음이 내 삶을 지탱해왔다. 내 삶을 지탱해오던 마음도 무너졌다. 식욕을 비롯한 대부분의 욕구는 스프링과 비슷하다. 눌러놓은 만큼 튀어 나간다. 나는 튀어 나가는 욕구를 누를 힘이 없어 그 욕구를 따르기로 했다.

다시 삶을 일으켰다. 그럼에도 '더 나은 나'를 찾는 나의 관성은 여전하다. 커피를 마시고 싶을 때도 몸에 좋다는 녹차를 마신다. 커피를 마시는 이들을 비난한다. 명분은 저개발국가의 노동착취 혹은 과도한 카페인 섭취이지만 커피를 마시고 싶을 때가 아니면 그다지 분개하지 않는다. 그러나 다르다. '더 나은 나'를 위해 걷고 싶어지면 '지금의 나'에 머문다. 이렇게 멈춘 나는 다르다. 고장으로 선 차와 브레이크를 잡은 차가 다른 만큼 다르다.

자신의 거식증 경험을 남을 관찰하듯이 세밀하게 서술했다. 자기 연민으로 흐르지 않는다. 솔직한 목소리로 눈에 보이는 것처럼 상황을 들려줘 독자를 자기 경험 속으로 끌어들인다. 거식증으로 발현되는 생각의 뿌리를 분석한다. 이 글로 나는 거식증을 좀 더 이해할 수 있었다. 뭐가 더 나은 사람인지 모르겠는데 더 나은 사람이 되어야 할 것 같은 압력에 짓눌리는 건 거식증을 앓는 사람들뿐만이 아니다. 이 글은 거식증을 넘어서는 공감을 불러일으킨다. 다만, 이 글만으로 완결된다면 마지막 문단이 성급해 보인다. 마지막 문단을 독자가 이해하려면 어떻게 '지금의 나'에 머물게 되었는지 그 중간 치유의 과정이 나와야 한다. 그 과정은 길고 복잡해서 이 글에 다 담기는 어려울 것이다. 후속편이 기다려진다.

완벽한 오해

김가을

나는 인생에서 단 한 명의 남자만을 사랑했다. 그건 바로 아버지다… 따위의 쌍팔년도 신파극을 전개하려는 건 아니다. 내게 진정한 사랑을 가르쳐준 남자는, (아빠보다는) 리암 헴스워스를 닮은 스페인 남자다. 나는 그를 페루에서 만났다.

　　나는 에스닉 패턴의 옷과 살사 음악을 좋아했다. 안토니오 반데라스의 구릿빛 피부에 휘감길 수 있다면, 이사벨 아옌데만큼이나 마술적인 (아마도 안토니오 반데라스를 닮은 아름다운 남미 남자와 사랑에 빠지는 이야기를 담은) 글을 쓸 수 있을 것 같았다.
　　'그래! 남미로 떠나자!'
　　지상 위 에덴동산을 찾기 위해 신대륙 탐험에 나선 콜럼

버스가 되어, 나는 결심했다. 또한 콜럼버스와 같은 제국주의자들이 그러했던 것처럼 신대륙에 뿌리 내릴 근거가 필요했다. '그렇다면 언어를 배워보자' 하고 나는 페루의 어학원에 등록을 마쳤다. 졸업을 앞두고 있던 24살의 나는, 이렇게라도 막막한 현실에서 도피하고자 했다.

39시간의 고단한 비행과 45분의 어지러운 택시 운행 후, 마침내 다다랐다. 나의 지상낙원이 되어줄 페루의 거처에 도착한 것이다. 집 안에 들어서자 쨍한 형광색 소파가 눈에 들어왔다. 소파 앞에는 (페루의 기후환경을 고려하면, 순전히 장식용으로만 쓰일 것 같은) 자그마한 벽난로가 있었다. 그 위에 놓여 있는, 무한한 이야기를 담고 있을 조각품들. 삐죽삐죽한 식물과 개성 있는 화분들이 나를 환영했다.

'우리와 사랑에 빠질 준비가 됐어?'

얼굴에 기하학 문양이 새겨진 걸로 보아, 아프리카에서 온 것으로 추정되는 한 마스크 장식품이 속삭였다. 이보다 더 완벽할 수는 없다고 생각할 때 즈음, 커다란 원목 창문틀 사이로 햇살이 매몰차게 쏟아졌다. 그리고 그가, 빛을 뚫고, 내 앞에 나타났다. 내가 인생에서 유일하게 사랑하게 될 그 남자가 말이다.

불과 한 시간 전 수하물 취급소의 음침함을 견디고 온 나는, 선연히 빛나는 그의 아름다움에 말을 잃었다. 호수 같다는, 가장 상투적인 비유로만 묘사할 수 있는, 푸르른 눈, 티끌 없이 매끄럽고 캐러멜처럼 그슬린 피부. 이러한 부드러움과는 대조를 이루는, 따라서 완벽한 균형을 찾은, 탄탄히 뻗은 어깨와 핏줄이 울끈불끈 솟은 왼쪽 팔. 아쉽게도 그의 앞머리 라인은 본격적으로 후퇴할 준비를 마친 듯해 보였지만. 아, 그게 무슨 소용이랴. 바다 같은 눈 속에서 헤엄치기 바빴는데.

그가 나를 안았다.

"페루에 온 것을 환영해요."

앵두같이 붉은 입술을 할짝대며 그는 말했다. 그의 포옹은, 지금까지 존재하던 내 안의 공간을 깔끔히 메웠다. 그의 포옹은, 내가 묻고 있는지도 몰랐던 질문에 대한 해답이었던 것이다. 그렇게 나는 사랑에 빠졌다.

통성명이 오갔다. 그의 이름은 후안. 내가 방금 발을 디딘 아름다운 집의 주인이었다. 지구 반대편에서 날아오며 축적한 피로는 어디로도 날아가지 않았다. 그럼에도 그의 넘실대는 동공과 눈을 맞추는 순간만큼은, 그를 따라 땅끝까지라도 나설 힘이 났다. 그는 부러진 영어(Broken English)로 물었다.

"사야 할 게 있는데, 나를 위해 (함께) 슈퍼메르카도(슈퍼마켓)에 갈래요?"

나는 덜컹대는 스페인어로 답했다.

"무조건 좋아요!"

초췌한 몰골로, 무거운 몸을 이끌고 마트에 갔다. 그의 곁에선, 가장 일상적인 장소도 마법적인 공간으로 탈바꿈했다. 게다가 스페인어를 제대로 구사하지 못하는 내게는 모든 것이 새로웠다. 스페인어로 '사랑'은 알았지만, '칫솔'은 몰랐다. '낭만'은 말할 수 있지만, '당근'은 어떻게 말하면 되는지 몰랐다. '진실'을 뜻하는 단어는 기억났지만 '이불'은 전혀 감이 안 왔다. 나는 그에게 '칫솔' '당근' '이불'을 스페인어로 말하는 법을 알려달라고 했다. 그는 로켓 공학을 설명해주는 것처럼 우쭐대며, 내 발음을 교정했다. 그의 허세가 사랑스러웠다.

성공적으로 '쇼핑/언어 스터디/(희망적으로)데이트'를 마치고 우리는 마트 뒷문으로 걸어 나왔다. 조야한 하트 무늬 조각품들이 불쑥불쑥 심어진 공원이 펼쳐졌다. "앉았다 갈래요?" 그가 물었고 "무조건 좋아요"라고 답했다. 그는 잔디 위에 털썩 주저앉았다. 옆에서는 갈색 점박이 개가 열심히 용변을 보고 있었다. 오줌 범벅이 되기는 싫어 주저했지만 (벌써부터 깐깐한 여자로 보일 수는 없었기에) 조심스레 착석했다. 어색한 공기가 감돌았다.

"그래서… 형제가 있나요?" 하고 더 어색한 질문으로, 먹먹한 분위기를 누그러뜨리려 하는 순간. 그가 난데없이 하모니카를 꺼내 들었다. 그리고 밥 말리의 〈세 마리 작은 새들(Three Little Birds)〉을 연주했다. 촌스러운 선곡은 제쳐두고서라도, 나는 하모니카를 부는 사람을 생전 처음 봤다.

'집에서부터, 저 하모니카를 소중히 챙겨왔을까? 아니면 항시 주머니에 소지하고 다니는 걸까?'

머리가 복잡해졌다.

'혹시⋯ 상태가 불안정한 사람? 최악의 경우엔⋯ 말기 홍대병 환자?'

그의 연주가 클라이맥스에 다다르면서, 볼일을 마친 갈색 개는 입에 두 개의 돌을 쑤셔 넣기 시작했다. 그때 나는 돌을 좋아하는 개 또한 처음 봤다.

돌을 좋아하는 개처럼, 하모니카를 좋아하는 그는 '단순한' 존재일 것이라고 납작하게 결론 지었다. 그에게서 발견할 수 있는 최악의 면이, 1970년대 히피 밴드를 좋아하고 그걸 하모니카로 (공공장소에서) 연주하는 것이라면, 그는 지금까지 내가 만나왔던 남자들에 비해 양호했다.

그 후 며칠 동안 난 그를 더 알게 됐다. 우선, 그는 아마존에서 생물 다양성(Biodiversity)을 연구하는 생물학자였다.

"저는 새를 사랑해요. 그래서 연구자가 되고 싶었어요."

그는 오른쪽 이두박근 위에 새겨진, 앵무새 타투를 보여 줬다. 그리고 그는, 단언컨대 세계 역사상 가장 오글거리는 행위로 기록될 행동을 시전했다. 자기 팔 위에 내려앉은 새(그림)에 다정히 입을 맞춘 것이다. 좋아하는 것도 잘하는 것도 없어 막막하게 방황하던 나는, 그의 단순한 열정에 매료됐다. 하모니카와 앵무새를 (극단적으로) 좋아하는 사람도 세상에 있는데, 내가 '뜨뜻미지근하게 즐길 수 있는 일' 하나 찾지 못할까. 막연히 안심이 됐다. 그가 돌멩이를 팔뚝 한쪽에 새겼더라도, 나는 그를 사랑했을 것이다. 기꺼이. 그리고 이 정도 오글거림에 눈을 감아준다면, 우리 사이에 존재하는 공통점도 얼마든지 발견할 수 있었다. 그는 나처럼 살사를 좋아하고 이사벨 아옌데를 사랑했다.

게다가 대부분의 시간, 우리 사이엔 언어가 필요 없었다. 우리는 요리를 하고 춤을 췄다. 살사, 바차타, 쿰비아 등. 그는 넓은 리듬에 맞춰 몸을 움직일 수 있었다. 그와 몸이 엉키는 순간에는 깨달았다. 세상에 존재하는 모든 언어들이 하등 쓸모없음을 말이다.

'단어들은 지금까지 나를 좌절시켜왔을 뿐이구나!'

경탄했다. 언어를 배우러 이국땅에 온 내가 경험한 이 아이러니를 어떻게 설명할 수 있을까.

그러나 모든 위대한 사랑 이야기가 그러하듯 우리의 사랑도 결실을 맺지 못한 채 끝이 났다. 그는 나보다는 새를 더 사랑했다. 그래서 그는 2개월의 마법 같았던 여름을 뒤로한 채, 아마존으로 돌아갔다. 나는 비자를 갱신할 수 없어, 한국으로 돌아왔다.

　　돌이켜보면 그와는 좌절이 없었다. 그가 완벽해서가 아니라, 완벽하지 않은 그의 모습으로부터 내가 철저히 고개를 돌렸기 때문이다. 그를 완벽하게 오해하기로 결심했기에, 나는 그를 온전히 사랑할 수 있었다. 심지어 우리 사이에 만연했던, 언어의 공백조차 메울 필요성을 느끼지 못했다. 나는 '싫어하다'와 '–에 밥맛이 떨어질 정도로 재수가 털리다'와 같은 표현은 스페인어로 아예 알지 못했다. 그렇기에 그가 좋아하는 것, 그 앞에 펼쳐진 긍정적인 세계만이 눈에 담겼다.

　　그는 내 연애사 장르를 '로맨스물'에서 '호러물'로 바꿔준 전남친들과 극명히 대조됐다. 그렇지만 의문이 든다. 버스킹에서 진솔한 사랑을 고백하겠다고 난리를 부려 나를 경악시킨 '예술가' 전남친과 공원에서 구애의 연주(?)를 한 그(내 마음 속 리암 헴스워스)는 크게 달랐나? '오빠가 진짜 제대로 알려줄게'로 모든 문장을 시작하던 대학원생 전남친의 말투와 스페인어를 알려주던 그의 말투에는 차이가 없었나? 로만 폴란스키나 김기덕(같은 성범죄자들)이야말로 진정한 시대의 저항가라고 찬양하던 전남친의 취향에 견줘볼 때, 그의 취향은 명백히 판이했나? (어쨌거나 그가 좋아한 밥 말리 또한 아내 강간 혐의를 받았음을 고려해보면 말이다.) 그는 내가 납작하게 눌러버린 평면 그대로 (단순하고 아름다운 남자로) 존재하는 사람이었을까?

이런 '진짜' 질문들에는 눈을 감고, 얼렁뚱땅 믿어버리고 싶다. 나는 그를 '진짜로' 사랑했다고. 감히 그의 '진짜' 실체를 파악하지는 못했을지언정 말이다.

페루 남자 후안의 허세를 톡톡 튀는 문장으로 묘
사했다. 그 묘사가 생생해서 둘이 개똥이 있는 공
원에 앉아 있는 모습이 머릿속에 그려진다. 묘사
에 유머가 있어 더 매력적이다. 후안과의 달콤했
던 짧은 연애로 끝났다면 웃고 말았을 거 같다. 그
뒤에 이어진 문단들 때문에 사랑은 가능한 것인
지 묻게 된다. 상대를 알지 못하면 사랑이라 말할
수 없을 텐데, 알면 사랑하기 어렵다. 사랑이 가능
한 걸까? 그런 질문이 여운을 남긴다.

글쓰기 따위의 이유

박정태

1. 투수는 변명하지 않는다

6,076일.

사내 포털 화면 왼쪽 상단 내 이름 아래 적혀 있는, 지금의 회사에서 내가 보낸 시간이다. 그리고 이날 아침, 이사회는 사업 중단을 결정했다.

나는 6,076일 중 절반 정도의 시간을 해외에서 보냈다. 두 번째 부임지였던 멕시코 법인은 회사의 중요 법인 중 하나로 내게 주어진 책임이 막중했다. 내가 부임할 시점엔 이미 사업이 정점을 지나 내리막을 걷고 있었다. 멕시코는 시장의 경쟁이 치열한 만큼 사업의 여러 징후가 중남미 다른 국가들보다 먼저 감지되는 곳이다. 하지만 조직은 일반적인 경향에서 벗어나는 예외를 극도로 혐오한다. 그리고 대안을 마련할 수 없는 부정적 시그널도 인정하지 못한다. 본사는 멕시코에서 일어나는 일들을 사업 전반의 리스크로 받아들이기보다는 한 개인의 역량 부족 때문에 발생한 것처럼 몰아붙였다.

사업이 어렵고 돌파구를 찾기 힘들 때, 조직은 사람을 탓하기 마련이다. 대통령이 장관을 경질하고 CEO는 임원을 경질하고 임원은 주재원과 팀장을 교체한다. 주니어 시절, 중동지역대표로 계시던 부사장님은 항상 이런 말씀을 하셨다.

"마케러는 늘 억울함이 있어야 합니다. 그 억울함 속에서 추진력이 나오고 성과가 나오는 거예요. 그러니 지금의 상황이 부당하다고 느껴지더라도 절대 변명하지 말아야 합니다."

백 퍼센트 동의할 수는 없지만, 어쨌든 난 그런 문화 속에서 업무를 배웠다. 혼자 모든 것을 책임지는 것이 아니라면 그 정도의 불편함은 감수할 수 있었다. 그러나 이번에는 달랐다. 불편함을 넘어 대부분의 비난은 나에게 쏟아졌다. 조직 내에서 더 이상 성장을 도모하기 어려워 보였다.

그 당시 내 직속 상사였던 법인장은 견해가 달랐던 CEO에게 반기를 들었다가 회사를 떠나야 했다. 법인장은 주재원들을 투수에 비유하곤 했다. 투수가 아무리 공을 잘 던져도 타석이 받쳐주지 않거나 수비가 엉망이면 그날의 경기를 질 수도 있는데, 그렇다고 투수가 자신의 패배에 대해 변명하는 일은 없다는 것이다. 그저 또 다른 1패의 추가일 뿐이다. '마케러는 억울해도 변명하지 말아야 한다'는 말과 같은 맥락이다. 법인장은 아무 변명 없이 마운드를 떠났다.

법인장이 회사를 떠나자 본부의 말 많은 사람들은 멕시코의 사업 부진이 나 때문이라고 수군덕거렸다. 어느 임원은 나를 법인에 보낸 것이 우리 회사 HR의 치명적인 실수라고까지 말했다. 나를 앞에 두고 말했으니 적어도 뒷담화는 아니었다. 그 뒤로도, 나는 멕시코에서 2년을 더 버텼다.

흔들리는 배는 이미 복원력을 잃어 다시 일으켜 세울 수가 없었다. 사업을 살리는 것만큼이나 손실을 최소화해야 한다는 생각이 컸다. 모든 상황은 절망적이었지만 포기하지 않으려고 애썼고 법인 직원들을 늘 진실하게 대하려고 했다. 남을 비난하면서 나 혼자만 상황을 모면하려고 하지 않았다. 나도 법인장처럼 변명할 기회를 얻지 못한 채 서울로 돌아왔다. 그리고 회사는 내가 귀임한 뒤 1년을 버티지 못하고 사업을 포기했다.

2. 우울증의 시작, 그리고 글쓰기

　　몇 년 전 뇌출혈로 쓰러지셨다가 몇 주 만에 깨어난 이모부를 뵈러 서울 아산병원을 찾았다. 이모부는 미동도 없이 눈을 감고 누워 계셨다. 인기척에 잠을 깨 가늘게 눈을 뜨더니 중얼거렸다.

　　"아이고, 불쌍한 녀석… 어쩌면 좋으냐, 그 좋은 머리로…."

　　아직 의식이 온전치 않으셨던 이모부의 시간은 어디에 머물러 있었던 것일까? 이모부의 의식 깊은 곳에 남아 있던 나에 대한 기억, 과거 나의 어떤 실패를 끄집어내셨던 건지는 다시 여쭤볼 수 없었다. 이모부의 그 마지막 말은 마치 나를 옭아매고 있는 업보처럼, 어려운 일을 겪을 때마다 내 머릿속에서 다시 살아나곤 했다. 어쩌면 이모부는 그날, 지금의 내 모습을 예언한 것인지도 모른다. 이모부의 말을 떠올리며 나는 가족들과 함께 인천행 비행기에 올랐다. 임기를 고작 3개월 남겨둔 시점이었다.

　　5월 어느 날, 회사 화장실에서 주니어 시절 두바이에서 사업을 함께했던 선배를 만났다.

　　"야, 들어왔구나. 잘 지냈어? 근데 너도 많이 늙었구나.

그때는 너 참 총기 있고 빠릿빠릿했는데, 언제 이렇게 늙었냐, 하하하."

나를 반가워하는 선배의 말이 밉지는 않았지만, 그 순간 거울에 비친 내 모습은 내 마음속에 감춰 두었던 우울함을 쏟아낸 듯 무기력하고 추해 보였다. 그대로 거울에 얼굴을 처박아버리고 싶은 충동을 느꼈다.

아침에 출근하면 밤사이 온 메일을 확인하고 나서 회사 단지 내 벤치에 앉아 하늘을 보면서 마음을 다스려보았다. 어떤 날은 마음이 잠잠하다가도 우울함이 폭풍처럼 밀려왔고, 또 어떤 날은 내 몸이 무거운 납덩어리를 달고 땅속으로 꺼져버리는 느낌도 들었다. 그런 생각을 하는 중에도 봄 하늘은 맑고 고요하기만 했다. 내가 죽어서 사라져버려도 나쁘지 않겠다는 생각이 들 만큼 모든 것이 평화로웠다.

자살 충동을 점점 자주 느꼈다. 심리 상담을 받아보려고 했지만 상담실장은 빽빽하게 적혀 있는 하루의 상담 일정을 소화해내기에도 벅차 보였다. 명상과 글쓰기를 시작했다. 지나온 시간과 앞으로 살아야 할 시간을 정리하는 것이 도움이 될 것 같았다. 다만 지나친 자기 연민에 빠지지 않기 위해 나 자신에 대한 이야기보다는 소소한 일상과 책, 영화를 중심으로 타인에 대한 이야기를 썼고, 내 시선에서 드러나는 나를 발견하려고 노력했다. 그 덕분에 내가 불편하게 느껴왔던 것, 내 나약함과 두려움을 조금이나마 글에 녹여낼 수 있었다.

돌이켜보면, 아주 솔직한 글쓰기는 아니었다. 글쓰기를 통해 나를 치유해보겠다는 생각은 있었지만, 내 취약성을 드러내 보일 용기는 여전히 부족했다. 내 상황을 자세히 알지 못하는 사람이 내 글을 읽는다면 내가 정말 하고 싶은 이야기가 무엇인지 알아차리기 어려웠을 것 같다. 얼마 전 글쓰기 강좌의 과제 글을 블로그에 올렸더니, 한 친구 녀석이 술자리에서 고작 '글쓰기 따위'나 하느라고 아까운 시간과 능력을 낭비하고 있냐고 분통을 터뜨렸다. 지난 2년간 내가 얼마나 힘든 시간을 보내고 있었는지 말한 적이 없으니 그렇게 생각할 만도 하다. 아무튼 독자로부터 처음 받아 본 솔직한 피드백이었다.

글을 쓰기 위해 시간을 많이 쓴 것은 사실이다. 글감을 찾기 위해 한 달에 10권 이상 책을 읽었고, 일주일마다 두 편의 에세이를 쓰는 데 들인 시간도 상당했다. 현실도피였는지도 모른다. 성공을 위해 뼈를 갈아 넣겠다는 각오로 매진해도 시원찮을 만큼 중요한 시기에 한가롭게 '글 따위'나 쓰고 있는 것이 누군가의 눈에는 한심하게 보였을 수도 있다. 하지만 난 이런 시간을 보낸 덕에 견뎌낼 수 있었다. 이제는 하늘을 보며, 그 맑은 고요함 속에서 죽음을 떠올리지는 않는다.

내 글에서 보인 내 모습이 타인이 기대했던 모습과 다를 때 사람들은 실망한다. 그러나 글쓰기를 통해 나 자신을 보여주기로 결정했다면 그것은 감내해야 하는 위험이다. 상대방의 기대 속에 있는 모습은 나의 진짜 모습이 아니다. 그런 의미에서 솔직한 글쓰기란 내가 나임을 자신에게 증명하는, 온전히 나를 위한 글쓰기다. 비록 안티 독자 몇 명쯤 얻게 되더라도 오히려 내가 좀 더 솔직한 글쓰기를 추구해야 할 이유이다.

한 직장에서 20여 년 최선을 다해 일했는데 돌아
오는 것이 비난이라면, 당신은 무슨 기분일까? 이
글은 한 중년 남자의 마음 풍경을 담담한 어조로
그린다. 처음부터 끝까지 동일한 톤을 유지하며
솔직하게 썼다. 봄날 풍경을 묘사한 장면에서는
그 마음에 공감해 울컥하게 된다. 자신이 장기 말
처럼 느껴질 때 글쓰기가 어떤 힘을 발휘할 수 있
는지에 대한 증언 같은 글이다. 회사에서 그는 언
제든 희생양 삼을 수 있는 직원 중 하나일지 모르
지만, 이 글을 쓰는 사람, 쓸 수 있는 사람은 그 하
나다.

구해줘, 홈즈

신은경

문밖을 나서면, 바로 숨이 턱턱 막히는 뜨거운 여름이었다. 보증금 9천만 원짜리 전세 주택을 찾기 위해 오전부터 부동산 사이트를 뒤지고, 오후 내내 발품을 팔며 돌아다녔지만, 소득이 없었다. 어딜 가든 비슷한 소리를 들었다. 요즘 9천만 원으론 집 구하기 힘들어.

희망고시원 302호. 용진 씨(가명)의 집. 공포 영화 세트장으로 사용해도 무방할 만큼 어둡고 을씨년스러웠던 곳. 허름한 계단을 올라가, 해가 들지 않아 캄캄한 복도를 지날 때면 등골이 오싹했다. 복도 중간에 있는 공용 화장실에는 어찌 된 일인지 출입문이 없었다. 힐끗 보니, 곰팡이와 찌든 때가 입구

————   241

부터 창궐했다. 화장실에서 뿜어 나오는 악취가 고시원 전체에 암세포처럼 퍼져 사람들의 정신을 병들게 하는 것만 같았다. 용진 씨의 방은 바로 그 화장실 옆에 있었다. 똑똑 문을 두드린 뒤, 방문을 열면 쾌쾌한 담배 냄새와 불쾌한 지린내가 훅 덮쳤다. 오래된 휴대용 라디오와 핸드폰, 찌그러진 양은 냄비와 라면, 햇반과 참치 통조림 등이 어지럽게 바닥에 널브러져 있었다. 용진 씨는 그 방에서 밥을 먹고, 라디오를 듣고, 잠을 잤다. 나는 밑반찬이 담긴 검정 봉지를 건네며, 드시고 싶다던 깍두기가 없어서 무생채를 대신 갖고 왔다고 했다. 아침은 드셨냐고 묻자, 용진 씨는 언제나 그렇듯 짧게 "네"라고 말한 뒤, 지금이 아침인지, 밤인지 물었다. 고시원 작은 방에서 보내는 용진 씨의 하루가 얼마나 빠른지 아니면 얼마나 더딘지 나는 알 수 없었다. 2주 뒤에 다시 오겠다는 말만 남기고, 도망치듯 그곳을 빠져나오며 생각했다. 이사를 해야 해. 이사를.

    용진 씨를 처음 만난 건 2020년 4월. 시각장애인인 용진 씨는 젊은 시절 건설 현장에서 일하다 눈을 다쳤다. 제때 치료를 받지 못해 시력을 잃었고, 지금은 빛 구분만 가능하다. 장애 등록을 한 지 꽤 오래되었는데, 지금껏 국가에서 장애인을 위해 마련한 제도를 하나도 이용하고 있지 않아 이유를 물어보니, 그런 게 있는지 몰랐다고 했다. 우리나라는 복지 서비스를 이용하려면 본인이나 보호자가 직접 신청해야 한다. 스스로 신청할 수 없거나, 도움을 줄 가족이나 지인이 없으면 서비스가 있어도 이용하지 못하는 사람들이 의외로 많다. 이렇게 멍청하고 이기적인 시스템 때문에 고통받는 사람들이 매년 발생하는데도 무슨 생각인지 도무지 바꿀 생각을 하지 않는다.

용진 씨에게 올해 가장 바라는 게 무엇인지 물으니 이사를 하고 싶다고 했다. 고시원에서 벗어나, 사람답게 살고 싶다고. 용진 씨의 꿈을 이루기 위해 먼저 동주민센터에 방문해 SH(서울주택공사) 주거 취약계층 임대주택 지원사업을 신청했다. 또, 활동지원 서비스와 택시 지원도 함께 신청했다. 한 사람이라도 돕는 사람이 있다면 모두 하루에 신청할 수 있는 것들이었다.

3개월 뒤, 임대주택 선정 통보를 받고 드디어 집을 구하러 나섰다. 용진 씨는 건강 문제로 함께 다닐 수 없었다. 9천만 원 전세 주택을 찾는 게 관건이었다. 청년임대주택 정책이 새롭게 도입되며 대부분의 전세 주택 가격이 1억2천만 원 이상으로 올라 집 찾기가 예전처럼 쉽지 않았다. 어렵게 9천만 원 이하로 나온 집이 있어 가보면, 해가 들어오지 않는 지층이거나, 비탈길을 한참 올라가야 도착할 수 있는 열악한 곳이었다. 보행 훈련을 받지 않은 중도 시각장애인인 용진 씨가 생활하기에 적합하지 않은 곳들이 대부분이었다. 기적처럼 평지에 위치하고, 세탁기와 에어컨 등 가전제품이 옵션으로 갖춰져 있는 원룸형 신축 빌라를 발견했지만, 융자가 기준 이상 걸려 있어 SH 지원을 받을 수 없었다. 그런데 9천만 원보다 더 큰 난관이 기다리고 있었다. 그건 바로 용진 씨의 장애였다. 어렵사리 9천만 원 이하의 그나마 괜찮은 전세 주택을 발견해도, 집주인을 설득하지 못했다. 거절의 이유는 한결같았다.

"눈도 안 보이는데, 혼자 있다가 불이라도 나면 어쩌려고. 시설에서 살아야지, 왜 위험하게 혼자 살려고 해."

"지금도 혼자 사시는데 라면도 직접 끓여 드시고, 여태 화재 사고 한 번도 없었어요. 그리고 도움 주실 분(장애인활동지원사)이 매일 오셔서 청소나 요리를 해주실 거예요. 가스레인지는 아예 사용하지 않고, 전자레인지와 인덕션만 쓸게요. 저도 신경써서 자주 방문할 거니 너무 걱정하지 않으셔도 돼요."

필사적으로 사정하고 설득하고 연민에 호소해 봤지만 돌아오는 대답은 'NO'였다. 자포자기 상태가 되어 복지관에 돌아오면, 과연 집을 구할 수 있을지 먹구름처럼 회의감이 몰려왔다. 문제는 던졌는데, 답을 찾을 수 없어 막막했다. 사정을 모르는 용진 씨는 매일 같이 전화해 나를 쪼았다.

"집 구했어요?"

"언제 이사 가나요?"

"아직도 못 구했어요?"

기다림의 시간이 길어질수록 용진 씨도 점점 지치는지 조금씩 말투에서 불만이 느껴졌다. 나는 더더욱 초조해졌다.

코로나19 상황은 갈수록 심각해지고 있었다. 복지관은 외부인의 출입을 통제하고, 긴급 상황을 제외하고는 대면 상담도 중단했다. 마지막이라 생각하고 무리해서 길을 나선 날, 여느 날과 다름없이 부동산 여러 곳을 돌았지만, 아무런 소득도 얻지 못했다. SH 임대주택, 9천만 원이라는 말을 꺼내면 즉시 고개를 돌리고 시선을 피하는 사람들로 인해 마음에 상처만 입었다. 그러나 이젠 나도 정말 어쩔 수 없다고 생각하며 마지막으로 들른 부동산에서 예상치 못한 일이 발생했다. 보증금 예산을 듣고 역시나 별 관심을 보이지 않던 사장님은 내가 한숨을 쉬며 "시각장애인이 살 집을 구하고 있는데 정말 구하기가 어렵네요"라고 푸념하듯 말하자, 갑자기 관심을 보이며, 보여줄 집이 하나 있다고 했다. 주인이 재개발을 염두에 두고 사둔 주택인데, 자신에게 관리를 다 맡기고 있어서 얘기만 잘하면 가능성이 있을 거라고 했다. 빨간색 마티즈를 타고 집을 보러 가는 길에 사장님은 자신의 이야기를 들려주었다. 남편이 아파서 한동안 고생을 많이 했다고. 병원비가 없어 절망에 빠져 있었는데, 누군가의 도움 덕분에 다시 일어설 수 있었다고. 한 번 그렇게 힘든 일은 겪어보니 다른 사람의 아픔도 보

인다고. 받은 은혜를 돌려주며 살아야 한다고. 그리고 마지막
으로 자신은 사장이 아니라 실장이라고. 그동안 땡볕에 부동
산을 돌아다니며 받았던 무시와 냉대가 오늘의 이 호의 한 방
으로 모두 퉁쳐 사라지는 기분이 들었다. 혹 이번 일이 잘 풀
리지 않더라도 괜찮았다. 다시 시작해볼 수 있겠다는 용기가
생겼다. 감동의 이야기를 들으며 도착한 집은 위치와 공간 모
두 평균 이상이었다. 이제 집주인을 설득할 일만 남았다. 부동
산 실장님은 내일까지 연락을 줄 레니 돌아가서 기다리라고
했다.

　복지관으로 돌아와, 바로 용진 씨에게 전화해 오늘 있었
던 일들을 공유하며 곧 이사할 수 있을 것 같다고 말을 전했
다. 그런데 당연히 좋아할 줄 알았던 용진 씨의 반응이 시큰둥
했다. 집에 대해서는 묻지도 않고, 대뜸 "선생님, 내가 예전에
노벨상을 탔던 사람이에요. 알고 있죠?" 순간 짧게 정적이 흘
렀다. 분명 무슨 말을 듣긴 했는데, 도무지 그 말의 의미를 알
수 없어 당황했다.

　"노벨상이요?? 하하(멋쩍은 웃음). 그런데 오늘 보고 온 집
이."

　"지금 나 못 믿는 거예요? 인터넷에 한 번 찾아봐요. 내가
노벨상 탄 거, 인터넷에 다 나오니까!"

　대답할 틈도 주지 않고 용진 씨는 그대로 전화를 끊어버

렸다. 다시 전화를 걸었지만, 받지 않았다.

부동산 실장님은 정말 주인을 설득했다. 계약할 사람이 시각장애인이고 혼자 산다는 말을 들은 집주인이 처음엔 단박에 거절했지만, 실장님이 책임지고, 매일 들여다보겠다고 약속해 겨우 승낙을 받았다고 했다. 집주인 마음 바뀌기 전에 얼른 계약하자고 했는데, 용진 씨와 계속 연락이 되지 않았다. 딱 한 번 전화 연결이 됐는데, "다시는 전화하지 마세요. 찾아오지도 말고"라고 말한 뒤 전화를 끊어버렸다. 내 번호로 걸면 받지 않는 것 같아, 다른 직원의 전화로 걸어봤지만, 소용없었다. 며칠 뒤 고시원에 연락해 보니, 용진 씨가 이미 방을 빼서 나갔다고 했다. 어디로 갔는지 아는 사람은 아무도 없었다.

아무래도 이상해서, 관내 정신건강복지센터에 확인해 보니, 3년 전쯤 용진 씨 상담 의뢰 기록이 있다고 했다. 의뢰 이유는 망상과 환청, 환시. 당시 상담 예약을 한 뒤, 연락이 되지 않아 상담이 취소됐다고 했다.

누군가는 이렇게 말했다. 집을 계약하기 전에 정신질환이 발견되어 다행이라고. 그런 상태에서 혼자 살게 됐다면 위험했을 거라고. 완전히 틀린 말은 아니지만, 그렇다고 완전히 맞는 말도 아니었다. 정신질환이 있다고 다 위험하지 않으니까. 나는 용진 씨의 망상과 환청이 어느 정도 이해되었다. 희망고

시원 302호, 그 더럽고 비좁은 감옥 같은 방에서 용진 씨는 하루를 어떻게 버려냈을까. 망상이나 환청이 오히려 용진 씨를 죽지 않고 살게 한 건 아닐까. 좀 더 깨끗하고, 안전한 주거 공간에서 살며, 정기적으로 병원 진료를 받으면 그러한 증상들도 완화될 수 있을 것이다.

몇 달 뒤, 용진 씨의 아는 형이라는 사람에게서 불쑥 전화가 왔다. 용진 씨가 현재 중랑구에 거주하고 있다고, 여전히 고시원에 살며 이사를 원한다고. 자신은 출근해야 하는데, 용진 씨가 옆에 와 있어 곤란하다며, 중랑구에서 도움을 받는 방법을 알려달라고 했다. 직접 용진 씨와 통화해 보겠다고 했지만, 받지 않을 거라 했다. 혹시 은평구를 떠난 이유와 내 연락을 피하는 이유를 알고 있는지 묻자 모르겠다고 했다. 나는 최대한 파악할 수 있는 정보들을 꼼꼼히 정리해 용진 씨의 아는 형에게 전달했다. 그리고 몇 달째 미루고 있던 일을 수행했다. 복지관 시스템에 접속해 '박용진'을 검색하고 '종결' 버튼을 누르는 일.

문만 나서도 숨이 턱턱 막히는 계절이 되면 부동산을 돌며 9천만 원 전셋집을 구하러 다니던 그때의 여름이 생각난다. 어둡고 냄새나던 고시원과 깍두기가 먹고 싶다던 용진 씨도. 용진 씨는 중랑구에서 그토록 바라던 이사를 했을까. 사람답게 살고 싶다던 그의 꿈은 마침내 이루어졌을까. 만약 그때 내가 노벨상 수상에 대해 가만히 듣고 있었다면, 용진 씨는 은 평구를 떠나지 않았을까. 빨간색 마티즈를 타고 다니던 마음 씨 고운 부동산 실장님과 좋은 이웃이 될 수 있었을까. 대답해 줄 사람은 없는데, 질문만 계속 이어진다.

필자인 신은경 씨는 사회복지사다. 그의 글이 아니었다면 나는 사회복지사가 SH 주거 취약계층 임대주택 지원 사업에 맞게 서울에서 9천만 원으로 전세를 구하는 역할까지 해야 하는 줄 몰랐을 거다. 용진 씨 고시원 방이나 집을 찾는 과정에 대한 묘사가 꼼꼼해 뒷부분 "망상이나 환청이 오히려 용진 씨를 죽지 않고 살게 한 건 아닐까"란 문장이 설득력을 얻는다. 이 글은 한 사회복지사가 겪는 괴로움뿐 아니라 한국 복지 시스템의 문제를 드러낸다. 개인의 이야기는 사회의 단면을 드러낸다. 내 이야기는 나뿐만 아니라 남을 위해서도 쓰일 가치가 있다.

YES24 그래제본소
북펀딩에 참여해준 고마운 벗들

강다래 강서윤 고금미 고사리 곽철민 권기현 김경애 김나은
김낙규 김다은 김단희 김덕   김명순 김수현 김승식 김시경
김시우 김아리 김영탁 김영회 김주원 김주형 김지연 김진근
김진수 김진주 김현주 김형석 김혜림 김효식 김효주 김희경
김희대 노영미 박래군 박미경 박미영 박서영 박선주 박성규
박영효 박영희 박은솔 박현정 박혜림 박혜진 박휘원 방명희
배승환 배율규 서동화 서지윤 선우승권 성열훈 성제훈 손지원
송영희 송주연 신경범 신윤주 안혜미 양선아 엄재홍 오미란
오상준 오수경 오지연 오홍록 용석재 유지서 윤재준 이계윤
이동천 이명운 이상아 이소영 이수민 이슬기 이유진 이인혜
이정우 이종혁 이현정 이현지 이형곤 이혜정 임경식 임동진
임아영 장국주 장문선 장애방 정승균 정유진 정은주 정한숙
조아라 조준영 조희정 주영진 주우진 채은영 천현승 최미순
최서희 최승만 한민숙 한상록 홍순옥 홍은경 황나연 황수빈
황현돈 황혜진

슬픔은 어떻게 글이 되는가

용기 있게 나를 마주하는 글쓰기 수업

발행일　　2023년 7월 10일

지은이　　김소민
펴낸이　　고은주
디자인　　소산이
마케팅　　최금순

펴낸곳　　스테이블
출판등록　2021년 1월 6일 제320-2021-000003호
주소　　　서울시 마포구 독막로10 성지빌딩 606호
전화　　　02-885-1084
팩스　　　0504-260-4253
이메일　　astromilk@hanmail.net

ISBN　　　979-11-973932-8-0 (03800)